Über die Autorin

Samira Tara ist eine Spätblüherin. Viele Jahre hat sie nur gelesen, bis eines Tages ihre innere Stimme sie auf die Reise geschickt hat, ihre Schreib-Berufung zu finden. Nach langer Suche hat sie ihre magischen Seelen-Geschichten entdeckt, die Ausdruck ihrer medial-literarischen Begabung sind.

Ein erster Satz, ein Bild. Das inspiriert Samira Tara zu ihren Seelen-Geschichten. Manchmal fallen sie ihr aus heiterem Himmel ein, manchmal sind es Antworten auf Fragen, die ihr von anderen Menschen gestellt werden.

Mehr von Samira Tara gibt es auf ihrer Webseite: www.seelen-geschichten.de

Oder bei Instagram:
instagram.com/seelen_geschichten.autorin

Die Schnecke der Eremitin

Magische Erzählungen zwischen Aufbruch und Ankommen

von Samira Tara

Bibliografische Information der Deutschen Nationalbibliothek:
Die Deutsche Nationalbibliothek verzeichnet diese Publikation
in der Deutschen Nationalbibliografie; detaillierte bibliografische Daten sind im Internet über http://dnb.dnb.de abrufbar.

Herstellung und Verlag:
BoD – Books on Demand, Norderstedt

Buchsatz: Franziska Junghans, Ka & Jott, Bernau b. Berlin

ISBN: 978-3-7578-1476-2

Du bist auf deinem Weg.
Immer.

– Samira Tara

Inhalt

Das Samenkorn

Herbst

Bald ist es Zeit, loszulassen. Mich zu verabschieden von meinen vielen unzähligen Geschwistern, die wir alle von der Großen Mutter genährt wurden. Sie hat uns mit Wasser und Nahrung versorgt, die Sonne uns ihre Energie geschenkt. Wir hatten nichts weiter zu tun, als durchlässig zu sein und von innen heraus zu wachsen.

Ja, es gibt auch Vögel, die uns fressen wollen oder kleine Eichhörnchen, aber eines ist klar: Wir schenken Leben. Entweder den Tieren oder wir werden eines Tages durch die Luft fliegen und woanders neues Leben entfalten, wenn es uns gelingt, Wurzeln zu schlagen. Wir haben keine Angst, denn wir sind eins. Auch wenn einige von uns nicht gedeihen werden, so werden wir uns doch verbreiten in der Welt.

Noch halte ich mich am Ast, verbunden mit dem, was ich kenne. Als ein heftiger Windstoß kommt, lasse ich los. Von allem, was mich nährt, mir Sicherheit gibt – und von der Gemeinschaft der Blätter, Äste, Früchte, ja auch von den Tieren, die in und von unserem Baum leben. Der Wind wirbelt mich davon.

In menschlichem Ermessen dauert es nicht lange, bis ich auf der Erde lande. Aber aus meiner Sicht ist es ein unendlicher Flug. Losgelöst vom Wachsen und Werden, vom Baum und dem, was ich kenne, ein wenig den Vögeln gleich, die in der Luft umherfliegen können.

Winter

Es ist dunkel, mitten in der Nacht. Ich kann die Sterne zwar nicht sehen, aber ich kann sie spüren. Es ist ein uraltes Wissen in mir, selbst einmal ein Stern gewesen zu sein – und hier auf der Erde ein wenig von meinem Sternenwesen zu leben.

Um mich herum liegen halb verweste Blätter, es ist kalt. Alles ist still, selbst die Tiere haben sich zurückgezogen. Ich habe nichts zu tun. Ich liege hier und atme. Nicht so wie die Menschen die Luft, sondern ich sauge die Energie des Kosmos ein. Ich atme sie ein und lasse sie durch mich hindurchfließen, gebe sie in die Erde ab, wo sie sich verteilt und alle Wesen, Tiere wie Pflanzen, nährt.

Ich ruhe.

Ich atme.

Ich bin.

In mir liegt alles, was ich brauche. Ich weiß nicht, was für ein Baum ich bin, wie ich heiße oder wofür ich gut bin. Ich brauche das nicht zu benennen. Denn es ist einfach da und muss nicht definiert werden, um zu existieren.

Man könnte es das Leben nennen, das große Wunder des immer wiederkehrenden Lebens, das nie zu zerstören ist, sondern sich beständig neue Wege und Formen sucht. Vielleicht bin ich ein Funken voller Licht, der darauf wartet, sich endlich zeigen zu können. Doch jetzt gibt es nichts zu tun.

Frühling

Es kribbelt. In meiner kleinen Welt scheint alles zu vibrieren, zu schütteln, zu springen, unscheinbare Hüpfer, die aus mir entstehen. Wie ein zartes Küken die schützende Eierschale verlassen möchte, mal hier pickt und mal da pickt, so sucht meine Energie einen Weg nach draußen. Je mehr sie auf

Widerstände stößt, umso mächtiger wird sie, als würde meine Kraft gerade durch die Begrenzung stärker und stärker, bis sie die harte Hülle durchbricht.

Welch Wohltat, als meine Energie endlich aus mir herausbricht, sich mit den Wurzeln in den Boden gräbt und anfängt zu saugen. Die Feuchtigkeit der Erde in sich zu schlürfen und all die anderen kleinen lebensspendenden Elemente in sich aufzunehmen.

Sobald ich satt bin, drängt die Energie nach oben. Ein Keim bohrt sich aus mir heraus Richtung Himmel, während die Wurzel sich in der Erde ausbreitet, um mehr und mehr Energie aufnehmen zu können, die sich dann ganz durch mich verteilt. Ich dehne mich aus in alle Richtungen, bin nicht mehr ich und doch ich, verändere mich und bleibe, wer ich schon immer war.

Es ist auch die Neugier, die mich nach draußen zieht. Die Neugier auf das Abenteuer Leben, auf die Möglichkeit zu wachsen und durch die Herausforderungen zu lernen.

Trotz meines unbändigen Lebenswillens weiß ich um die Gefahren, die mir drohen: Es gibt Tiere, die mich fressen wollen, andere können mich niedertreten. Ich kann zerbrechen, die Verbindung zu meinen Wurzeln verlieren, sodass ich vertrockne und sterbe. Es kann Frost kommen, der meine Säfte ins Stocken bringt und mich durch den gefrierenden Lebenssaft von innen zerbersten lässt. Oder aber es wird heiß, viel zu heiß und es gibt zu wenig Wasser. Dann fehlt mir die Kraft, um weiter wachsen zu können, und ich verdurste.

Ich bin mir um all dieser Gefahren bewusst, doch was ist die Alternative? Nicht entfalten? Sterben, bevor ich die Chance zu leben überhaupt nur einmal ergriffen habe? Nein, das hieße, mein Wesen zu ignorieren. Das Wesen des immer wieder neuen Lebens zu verleugnen, nur weil zum Leben auch der Tod dazu gehört. Und so dehne ich mich weiter aus, vorangetrieben von der mir innewohnenden Kraft.

Sommer

Ich bin gewachsen, kraftvoller geworden und strecke mich aus. Mit meinen Wurzeln in die Tiefe und mit meinen Zweigen in die Höhe. Das, was von Anbeginn in mir angelegt war, hat eine Form bekommen, und ich bin das geworden, was ich schon immer war.

Ein Baum ist aus mir geworden und ich diene nun dem Leben um mich herum. Vögel lassen sich auf mir nieder, um sich auszuruhen. Die Gräser am Boden genießen den Schatten, den ich spende. Kleine, grüne Insekten finden Heimat und Futter in meinen Blättern.

Die Sonne zieht am Himmel ihrer Wege und streichelt mich mit ihrer Wärme. Der Regen tränkt mich mit neuer Energie, tropft von meinen Ästen herab und versickert im Boden, wo das Nass willkommen geheißen wird von meinen Wurzeln.

Der Wind liebkost meine Blätter, pustet den Staub von ihnen, damit ich besser atmen kann und häufig tanzen wir auch miteinander. Manchmal hat er schlechte Laune und zerrt dann an mir, aber ich lasse mich nicht fassen. Bin tief verwurzelt, wiege mich hin und her und spiele mit ihm, so zornig er auch werden mag.

Wenn die Tage langsam kühler werden, wird mir klar: Auch dieser Sommer wird ein Ende haben. Ich bin getragen von dem tiefen Wissen, dass ich schon so viel überstanden habe, dass mir nichts geschehen kann. Und selbst wenn doch: Das Leben so kennengelernt zu haben in all seiner Schönheit, Tiefe und Leichtigkeit, allein dafür hat es sich gelohnt.

Manchmal, wenn die Sonne glühend hinter dem Horizont verschwindet, erfasst mich ein klein wenig Wehmut und ich wünsche mich zurück in das große Ganze, wo ich herkomme.

Und ich weiß: Eines Tages werde ich dort auch wieder sein.

Aber bis dahin werde ich aus tiefstem Herzen leben.

Das federzarte Licht

Es war einmal ein Mann, der wohnte in einer kleinen Hütte an einem See. Sein ganzes Leben hatte er hart gearbeitet, dabei wäre er gerne gereist, um andere Länder und Kulturen zu entdecken. Heute hätte er endlich Zeit dafür, aber er war alt geworden, merkte es an seinem steifen Knie, das ihm zunehmend Schmerzen bereitete. Deswegen saß er häufig einfach nur mit einem Kaffee vor seiner Hütte und schaute der Sonne zu, wie sie ihre Bahnen zog und hinter den Baumwipfeln verschwand.

Damit sein Knie nicht vollends steif wurde, ging er jeden Morgen eine Runde durch den Wald. Er lauschte den Vögeln, die ihn, so kam es ihm zumindest vor, jedes Mal zwitschernd begrüßten, als würden sie ihn wiedererkennen. Wenn er stehen blieb und ihrem Gesang zuhörte, fragte er sich manchmal, ob er in seinem Leben vielleicht einen anderen Weg hätte einschlagen sollen.

Eines Morgens lief er wie jeden Tag durch den Wald, da blitzte auf einmal etwas zwischen den jungen Birken auf, die dort wie eine kleine Gruppe bleicher Geister zwischen all den Fichten standen. Es war so kurz, dass er gar nicht sagen konnte, ob es ein Licht oder nur ein davonfliegender Vogel war, deswegen beachtete er das nicht weiter und setzte seinen Spaziergang fort.

Ein paar Tage später kam er an der gleichen Stelle vorbei und wieder blitzte etwas zwischen den Bäumen auf. Er blieb stehen und wartete, ob dieses Etwas sich noch mal zeigen würde. Da nichts geschah, ging er weiter. Doch seine Neugier war geweckt, er nahm sich vor, zukünftig dort ganz aufmerksam entlangzugehen und genauer hinzuschauen, was das gewesen sein könnte.

Die nächsten Tage ging er langsamer, noch bevor er die Birken sehen konnte, setzte behutsam einen Fuß vor den anderen, um keinen Ast zu zertreten oder Steine ins Rollen zu bringen. Tatsächlich nahm er jedes Mal, wenn er sich den Birken näherte, dieses Aufblitzen wahr. Mittlerweile glaubte er, es als Licht erkannt zu haben, aber was das wirklich war, konnte er nicht erfassen. Einmal hatte er sogar den Pfad verlassen, war über einen umgestürzten Baum geklettert und hatte sich die kleine Ansammlung der Birken gründlich angeschaut. Dort gab es nur grünes Moos und alte Äste, nichts, was dieses Phänomen hätte erklären können.

So langsam ärgerte ihn diese Erscheinung. Er hatte sonst in seinem Leben immer alles hinbekommen und jetzt war da etwas, was er weder begreifen noch kontrollieren konnte. Weil er sich nicht weiter darüber ärgern wollte, entschloss er sich für eine andere Strecke durch den Wald. Dort konnte er spazieren gehen, dem einen oder anderen Nachbarn begegnen und sich mit ihm über das neblige Novemberwetter unterhalten.

Doch das Licht erschien ihm ebenso auf dem neuen Weg. Wie die Male zuvor war es strahlendweiß, bloß waren da diesmal keine Birken, sondern eine Schonung mit jungen Fichten. Der alte Mann erschrak, er wollte nur spazieren gehen, was wollte dieses Licht von ihm? Er drehte sich um und lief in die entgegengesetzte Richtung, nur weg von diesem Licht.

Am nächsten Tag suchte er sich noch einen anderen Weg, aber auch dort blitzte es zwischen den Bäumen hervor. Und egal, welche Richtung er einschlug: Das Licht war da. Wie der Blitz eines Gewitters erleuchtete es kurz die

Umgebung, um sich hinterher wieder in der Dunkelheit des Waldes zu verstecken.

Der alte Mann wollte das Licht nicht mehr sehen, es war ihm unheimlich. Er wusste sich nicht anders zu helfen, als seine geliebten morgendlichen Spaziergänge einzustellen und zu Hause zu bleiben. Er schnitt die verblühten Rosen in seinem Garten, harkte die letzten heruntergefallenen Herbstblätter zusammen und kümmerte sich liebevoll um die Vögel, denen er eine große Schale mit Körnern hinstellte.

An einem ruhigen Morgen saß er vor seiner Hütte, trank seinen Kaffee und schaute in den Garten hinaus. Die leeren Zweige des Holunderbusches standen starr im Wind und ein paar letzte Rosenblüten trotzten der Jahreszeit mit sanfter Schönheit, während die Sonne am anderen Ufer des kleinen Sees über den Baumwipfeln aufging.

Vielleicht waren es die Kraniche, die schreiend am Himmel entlangflogen, oder der wirre Traum von der letzten Nacht, in dem er suchend durch ein Labyrinth irrte: In seinem Herzen spürte er eine tiefe Sehnsucht. Eine Sehnsucht, als hätte er vor vielen Jahren etwas verloren und seitdem nicht wieder gefunden.

Dieses Gefühl war so stark, dass er nicht länger sitzen bleiben konnte. Er stellte die Tasse auf dem kleinen Holztisch ab, setzte sich die grüne Mütze auf, schlüpfte in die warme Jacke, die gerade in der Garderobe hing, zog sich seine Stiefel an und ging in Richtung Wald.

Der Nebel, der am Abend zuvor die Umrisse seiner Umgebung verschluckt hatte, war in der Nacht gefroren und die Pappeln, Gräser und Hagebuttenbüsche am Wegesrand waren vom Raureif wie mit Puderzucker verziert. Im Wald wehte kein Lüftchen und kein Vogel sang, als würden die Vögel ihn beobachten und ihn nicht von seinem Weg ablenken wollen.

Der Mann wusste genau, wie er zu den Birken kam, wo er das Licht das erste Mal gesehen hatte. Als er dort angekommen war, blieb er stehen. Sein Atem dampfte und verlor sich in der kalten Morgenluft. Doch kein Licht zeigte sich zwischen den Bäumen. Er drehte sich um seine eigene Achse, hoffend, das Licht auf einer anderen Seite zu finden. Der Mann stampfte zu den Birken, lief um sie herum und schüttelte frustriert deren Stämme, als könnte er das Licht von ihnen herunterregnen lassen. Nichts geschah.

Er wollte schon zum Waldweg zurückzugehen, da leuchtet es ganz plötzlich wieder auf. Der alte Mann hielt kurz den Atem an, holte noch einmal tief Luft und ging in die Richtung, wo er das Licht gesehen hatte. Äste knackten unter seinen Füßen und das Laub raschelte leise auf dem Boden, als er zwischen den Birken hindurchging. Plötzlich sah er das Licht noch einmal an einer anderen Stelle, und er ging diesem zweiten Aufleuchten hinterher. Er schob kleine Äste beiseite und löste vorsichtig Brombeerranken von seinem Hosenbein, die sich im Stoff verhakt hatten, als wollten sie ihn zurückhalten.

Doch so weit er ging, er kam dem Licht nicht näher. Sobald der alte Mann glaubte, er wäre gleich da, wo er das Licht gesehen hatte, zeigte sich das Licht noch ein Stück tiefer im Wald. Der Mann blieb stehen und keuchte. Er konnte nicht anders, als diesem Licht zu folgen, es schien, als hätte sein Körper das Kommando übernommen und sein kluger Kopf, auf den er sein Leben lang stolz gewesen war, hatte aufgegeben. Der alte Mann wusste nicht mehr, wo er eigentlich war. Noch nie hatte er die vorgegebenen Wege verlassen, noch nie hatte er sich seinen eigenen Weg gebahnt und seinem eigenen Orientierungssinn vertraut.

Er drängte sich durch die Fichten, der Boden war bedeckt von den Abertausenden Nadeln, die die Bäume dort verloren hatten. Hier war es viel dunkler, die Zweige ließen wenig Tageslicht hindurch und außer ihnen wuchs kaum etwas anderes. Der alte Mann hörte keine Vögel mehr zwitschern, es schien ihm, als wäre das Leben um ihn herum verschwunden.

Er lief weiter und weiter, dem immer wieder aufleuchtenden Licht hinterher, bis er zu einer Lichtung kam. Die Lichtung war mit Gräsern bewachsen und mittendrin stand ein großer, kraftvoller Busch. Es musste ein Haselnussstrauch sein, er erkannte es an den vielen Stämmen, die nebeneinander in die Höhe wuchsen. Genau dort, in diesem Strauch, lag das Licht kugelförmig auf einem Ast und rührte sich nicht mehr vom Fleck. Es pulsierte, als würde es atmen und wäre wie der alte Mann ein wenig atemlos. Ja, es wirkte sogar, als atmeten sie beide im gleichen Rhythmus.

Der alte Mann blieb stehen, seine Augen wurden größer und er wagte sich kaum zu bewegen, aus Angst, die leuchtende Kugel zu verscheuchen. Das Licht war so groß wie seine Hand, es funkelte wie eine brennende Wunderkerze, die er als Kind so geliebt hatte.

„Und nun? Was soll ich tun?", fragte sich der alte Mann. „Jetzt habe ich es ja gesehen", dachte er, aber seine Beine wollten sich nicht von der Stelle rühren. Ob es aus der Angst geschah, das Licht zu verscheuchen, oder aus der Angst, es für immer zu verlieren, wenn er wegginge, das wusste der Mann selbst nicht. „Was wird geschehen, wenn ich dem Licht noch näherkomme?", fragte er sich. „Wird es verschwinden und nichts außer einer Erinnerung zurücklassen?" Unfähig, sich zu entscheiden, blieb der Mann stehen.

Auf einmal schwebte das Licht wie eine Feder sanft schaukelnd auf den Boden und blieb dort liegen. Immer noch pulsierend wie zuvor und der alte Mann spürte in seinem Herzen, dass es ihn zu sich rief wie einen Freund, den er lange nicht mehr gesehen hatte. Er ging behutsam auf das strahlende Licht zu und ließ sich auf dem Stamm einer Buche nieder, die vermutlich beim letzten Sturm umgestürzt war.

Er konnte von dort aus das Licht mit seiner Hand berühren, und als er es mit seinen Fingerspitzen zaghaft befühlte, spürte er eine sanfte Wärme. Kurz hielt er den Atem an, dann traute er sich, das Licht sogar in seine Hand zu nehmen. Es war überraschend leicht und weich, fast als trage er ein junges, flauschiges Küken auf seinen Fingern. Ein Küken hätte er fürsorglich mit seinen Händen gewärmt, hier geschah etwas ganz anderes: Die Wärme dehnte sich aus, verteilte sich über das Handgelenk, den Arm und in seinem ganzen Körper. Es durchdrang ihn und umhüllte ihn, als wollte es ihm Geborgenheit schenken und vor der Kälte schützen.

„Eigentlich müsste mir das doch Angst machen, was hier passiert. Warum kommt es mir so vertraut vor, als wäre das ein Teil von mir?"

Er schüttelte den Kopf und ließ die Wärme weiter durch seinen Körper fließen.

Gerade als er spürte, dass die Wärme des Lichts jeden Teil seines Körpers ausgefüllt hatte, wurde das Licht kleiner und kleiner. Es zog sich in sich zusammen und das Leuchten auf seiner Hand erlosch. Aber die Wärme konnte er in sich immer noch spüren. Sie füllte ihn aus, pulsierte und strömte wie eine ungeheure Energie durch seinen Körper, wie er es noch nie in seinem Leben erlebt hatte. Als wäre er selbst zu dem Licht geworden, was er gerade noch auf seiner Hand gesehen hatte. Er fühlte sich vollständig. Da war nichts falsch, und da fehlte nichts mehr. Die Sehnsucht in seinem Herzen, die ihn hierher getrieben hatte, war nun gestillt.

Was er jetzt fühlte, wollte er nicht wieder loslassen. „Ob das Licht in mir bleiben wird, wenn ich nach Hause gehe?", fragte sich der alte Mann. Ihm wurde klar, dass er es probieren musste. Er erhob sich, sein linkes Knie knackte leise und er hielt sich stöhnend die Hand in den Rücken, der vom Sitzen steif geworden war. Er drängte sich durch die Bäume, bis er auf einen Weg stieß, der ihn wieder nach Hause führte. Dort hängte er seine Jacke an den Haken und zog die Schuhe aus, während ihm fast schon die Augen zufielen. Er schaffte es gerade noch in sein Bett, bevor er einschlief.

Am nächsten Morgen kitzelte ihn ein Sonnenstrahl wach, der durch das kleine Schlafzimmerfenster schien. Eine Amsel sang ihr Morgenlied und wurde begleitet von dem Gezwitscher all der anderen Vögel in den Bäumen, die um seine Hütte herumstanden. Der alte Mann schaute zu den Zweigen hinaus, die sanft im Wind tanzten, und eine tiefe Ruhe erfüllte ihn. Das pulsierende Gefühl der Lebendigkeit strömte wie am Abend zuvor in seinem Körper hin und her, als wären seine Blutbahnen unendlich lange Flüsse voll lebensspendenden Wassers, genährt aus einer Quelle, die niemals versiegen würde.

Der alte Mann lächelte, stand auf, machte sich einen Kaffee und ging auf seine Terrasse, um dort die Sonne zu begrüßen. Wie immer ließ er seinen Blick durch den Garten schweifen, doch heute war etwas anders, stellte er fest. War die Luft klarer? Der Himmel blauer? Waren die Vögel lauter oder die Pflanzen gewachsen? Nein, er fühlte nur sich anders, stellte der alte Mann fest. Und mit einer ihn selbst überraschenden Entschlossenheit wurde ihm klar, was er nun zu tun hatte.

Im Nebel

Wohin ich auch schaue, überall um mich herum ist grauer, wabernder Nebel, der alles verschluckt. Lange Zeit war ich einen Weg entlanggewandert, bin ihm Schritt für Schritt gefolgt. Den zarten Wolkenhauch, der sich im Tal sammelte, hatte ich gesehen, aber nicht beachtet. Ich war einfach weiter und weiter gewandert, bis ich plötzlich die Vögel nicht mehr zwitschern hörte und eine beklemmende Stille in der Luft lag.

Der vorhin noch so zarte Wolkenhauch hatte sich zu einem Dunst aufgebauscht, der die Berge emporkroch und alle Konturen verwischte. Er kam näher und näher; je weiter ich wanderte, umso dichter wurde der Nebel, und die anfangs noch schemenhaften Umrisse der Bäume und Büsche wurden von ihm wie von einem gefräßigen Monster verschluckt. Als ich den Weg vor mir nicht mehr sehen konnte, war ich stehen geblieben.

Jetzt schaue ich auf den Boden, immerhin kann ich meine Füße sehen und etwas von der Wiese, auf der ich nun stehe. Dunkle Grashalme trotzen wild und unerschütterlich dem rauen Wetter.

Ein Frösteln läuft durch meinen Körper. Es ist kälter geworden, die feuchte Luft kriecht mir in den Kragen und die Hosenbeine hinauf. Ich ziehe den Kopf ein, drehe mich um mich selbst, doch wohin ich auch schaue, ich sehe einfach nur formloses Grau.

In der Ferne höre ich ein paar Schafe blöken, denen das Wetter und der Nebel nichts auszumachen scheinen. Ich lasse mich auf den Boden sinken und suche in meinem Rucksack nach etwas zu essen oder zu trinken. Aber ich habe nichts mehr dabei.

Mir ist kalt und ich beschließe, aufzustehen und einfach draufloszulaufen. Irgendwo muss es einen Pfad geben, der mich zu einem Ort führt oder auf dem ich jemanden treffe, den ich nach der Richtung fragen kann. Ich taste mich Schritt für Schritt vorwärts, umrunde umgestürzte Bäume, zwänge mich durch Büsche hindurch, klettere über Felsbrocken in der Hoffnung, dahinter auf einen Weg zu stoßen.

Mir wird zwar warm dabei, einen Weg finde ich trotzdem nicht. Vermutlich bin ich sogar im Kreis gelaufen, denn auf einmal höre ich die Schafe wieder. Oder sind es andere Schafe? Egal, auch sie können mir nicht weiterhelfen. Meine Knie knicken ein und ich lasse mich zu Boden sinken. Mein Hals ist trocken, mein Magen knurrt wie ein schlecht gelaunter hungriger Wolf. Außerdem bin ich müde. Sehr müde.

Es wird dunkler. Als wäre der Nebel nicht genug gewesen, verschwindet jetzt auch noch das letzte bisschen Helligkeit, das mir hätte helfen können, mich zu orientieren. Ich lausche in die Dunkelheit, in das Nichts, lege mich auf den harten Boden und schlafe nach einer Weile ein.

Später wache ich auf, die letzten Fetzen eines Traumes noch in meinem Bewusstsein: Formlos wabernde Kreaturen hatten mich gejagt und ich war davongerannt, dabei mehrfach gestürzt, hatte mir die Knie und die Hände aufgeschürft. Doch jedes Mal hatte ich mich wieder erhoben und war weitergelaufen.

Die letzten Traumfetzen wehen davon und ich blicke hoffnungsvoll in den Himmel, doch der Nebel sorgt dafür, dass weder Mond noch Sterne mir etwas Licht schenken können. So bleibt mir nichts weiter übrig, als darauf zu warten, dass ich wieder einschlafe.

Als ich später aufwache, bin ich nicht mehr allein. An meiner Seite hat sich ein Schaf hingelegt und wärmt mich mit seinem wollig-flauschigen, muffig riechenden Fell. Ich wage mich kaum zu bewegen und dehne mich ganz sanft in die Wärme, die das Tier ausstrahlt. Es tut so gut, einfach nur dazuliegen und sich wärmen zu lassen. Zu der Wärme des Schafes gesellen sich jetzt auch die Strahlen der Sonne, die den Himmel in ein leuchtendes glutrot färben. Erst nach einem kurzen Moment des Bewunderns fällt mir auf, dass der Nebel sich aufgelöst hat. Es ist auch nicht nur das eine Schaf, das mir Gesellschaft leistet, sondern eine kleine Gruppe von Schafen, die gemütlich am Gras zupfen und immer mal wieder zu mir herschauen.

In der Ferne kann ich die Hügelkette wieder sehen, die Wiese, an deren Rand die Bäume und Büsche stehen. Jetzt höre ich sogar auf einmal einen kleinen Bach, dessen Rauschen wohl gestern vom Nebel verschluckt worden war. Ich muss nicht weit laufen, bis ich ihn gefunden habe und trinke gierig ein paar Schlucke. Die kalte, klare Flüssigkeit weckt meine Lebensgeister wieder. Obwohl mein Magen deutlich knurrt, taucht mit dem Wasser eine neue Kraft in mir auf. Ich weiß immer noch nicht, wo ich bin.

Doch in mir ist eine Gelassenheit, die mir zuflüstert: „Du wirst den Weg finden." Ich schaue ein letztes Mal zu den Schafen, die immer noch das Gras fressen oder auf dem Boden liegen, und dann gehe ich einfach los.

Der Schatz in der Tiefe

W ann sie all ihre Farben verloren
hatte, wusste sie nicht mehr. So-
lange sie sich erinnern konnte, war
alles an ihr grau. Die Haare, die Kleidung, selbst
die Farbe ihrer Augen war mausgrau. Die Menschen hielten Abstand von ihr, nannten sie „die
Graue". Obwohl sie schon so oft darüber nach-
gedacht hatte, wie es dazu gekommen war, hatte sie nie auch nur den Hauch einer Erklärung
gefunden.

Vor einiger Zeit fegte sie wie an jedem Morgen die Asche aus dem Kohleofen, als plötzlich
eine Stimme zu ihr sprach: „Geh in den Wald!
Dort wirst du deine Antworten finden". Die Frau
schaute sich um. „Was soll das denn? Spielt mir
da jemand einen Streich?" Doch sie war allein.
Sie schüttelte den Kopf, als wollte sie die Stimme
hinauswerfen und putzte den Ofen weiter.

Am nächsten Tag hörte sie wieder diesen Satz „Geh in den Wald!" Und am Tag danach auch, immer und immer wieder. „Was soll ich denn im Wald finden? Dort kenne ich mich doch gar nicht aus! Am Ende verlaufe ich mich noch", dachte sie. Außerdem hatte sie hier in ihrer Hütte genug zu tun.

Was die Frau auch tat, um sich abzulenken, die Stimme forderte sie wieder und wieder auf, in den Wald zu gehen. Und so hatte sie eines Tages beschlossen, der Aufforderung zu folgen. Sie war sich sicher, dass das nichts bringen würde, aber anscheinend war die Stimme nicht anders zu besänftigen.

Und da steht sie jetzt, direkt am Rand des Waldes. Vor ihr ist es dunkel. Die Tannen stehen undurchdringlich im Weg. Sie zögert, dreht sich um und schaut zurück, wo sie hergekommen ist. Hinter ihr liegt ein frisch geerntetes Kartoffelfeld, dahinter sind die letzten Häuser des Dorfes zu sehen, aus dem sie gerade gekommen ist. Obwohl es mittags ist und die Sonne scheint, ist es nicht zu warm, denn der Sommer verabschiedet sich schon langsam.

Sie scheut sich weiterzugehen, die Dunkelheit zwischen den Bäumen macht ihr Angst. Dennoch lässt sie ein innerer Impuls einen Fuß vor den anderen setzen. Sie schiebt die

Tannenzweige zur Seite und drängt sich durch die Bäume hindurch. Etwas in ihr treibt sie voran, immer tiefer in den Wald einzudringen.

Von der Bewegung wird ihr warm. Sie zieht ihre graue Jacke aus und bindet sie sich um ihre Hüfte. Auch das ist noch zu warm und so lässt die Frau die Jacke einfach fallen und läuft weiter. Sie spürt, wie gut es ihr tut, sich von der Last zu befreien und zieht ihren grauen Pullover ebenfalls aus. Sie geht weiter und weiter, bis sie an einen See kommt.

Ein sanfter Wind kräuselt die Wasseroberfläche und die Sonne zaubert kleine Funken in die Wellen. „Ach, wenn ich mich nur erfrischen könnte", wünscht sich die Frau. Sie kniet sich am Rande des kleinen Sees hin, senkt ihre Hände in das Wasser und wäscht ihr Gesicht mit dem kühlen Nass. „Am liebsten würde ich hier einfach baden gehen, aber ich kann doch nicht nackt schwimmen. Was mache ich, wenn mich jemand sieht?"

Doch weil die Sehnsucht nach Kühle und Erfrischung so groß ist, wirft sie jedes Kleidungsstück von sich, bis sie nackt am Ufer steht. Sie zögert kurz und dann springt sie beherzt in den See. „Ah!", kreischt sie, es ist frischer, als sie gedacht hat. Es tut so gut! Sie schwimmt ein paar Züge hin und her und genießt das weiche Wasser um sich herum. Plötzlich hält sie inne.

Auf der Wasseroberfläche vor ihr schwimmt eine Kröte: groß, grünbraun gefleckt, mit gelben Augen. Die schaut sie an, stellt die Frau erstaunt fest. Und dann spricht die Kröte auch noch mit ihr:

„Komm mit mir, ich will dir helfen." Die Frau stutzt, hat die Kröte wirklich gerade mit ihr gesprochen? Die Kröte nickt: „Ja, ich habe mit dir gesprochen, oder siehst du hier noch jemand anderes?"

Dann taucht das grünte Tier unter.

„Und nun?", fragt sich die Frau. „Soll ich ihr jetzt folgen?" Ihre Neugier erwacht, sie holt Luft und schwimmt hinterher. Tief scheint die Sonne in das Wasser hinein, sodass sie in ein paar Metern Entfernung die Kröte sehen kann, wie sie sich mit ihren Schenkeln voran stößt. Die Frau setzt ihr nach, folgt ihr bis zum Boden des Sees. Dort wartet das grüne Tier auf die Frau und als diese bei ihr angekommen ist, spricht sie erneut zu ihr:

„Erinnerst du dich noch? Als du klein warst, warst du häufig hier am See. Du hast hier in der Sonne gespielt und uns Kröten Geschichten erzählt. Eines Tages haben wir etwas gefunden, was du verloren hattest, doch du bist niemals mehr wieder hierhergekommen. Wir haben es für dich aufbewahrt, weil wir hofften, dass du irgendwann den Weg zu uns zurückfinden würdest. Unsere Aufgabe ist damit erledigt, du musst es jetzt nur noch selbst finden und wieder mitnehmen!"

„Ja, ich erinnere mich wieder, aber ich habe schon sehr lange nicht mehr an euch gedacht", antwortet die Frau. Sie will gerade noch fragen, wonach sie suchen soll, da verschwindet die Kröte zwischen ein paar Wasserlilien.

Die Frau schaut sich um. Sie kann nichts Besonderes sehen, nur Wasserpflanzen und ein paar Fische. „Dann muss es wohl im Boden sein", vermutet sie und beschließt, mit ihren Fingern im Schlamm zu wühlen. Doch je mehr sie sucht, umso mehr steigen all die abgestorbenen Pflanzenreste wieder auf und hindern sie daran, etwas zu sehen.

Sie richtet sich auf, dreht sich einmal um sich selbst, überall tanzen grünbraune Teilchen um sie herum. Sie bewegt sich nicht mehr, in der Hoffnung, dass ihre Sicht dann wieder besser werden würde.

Dabei sinkt sie wieder tiefer, sodass sie mit den Füßen den Boden berührt. Dort drückt etwas gegen ihre Fußsohle, es ist klein und rund. Sie bückt sich, hebt ihren Fuß und tastet im Schlick danach. Dann hat sie es zwischen zwei Fingern, nimmt es dicht vor ihre Augen, um es sich genauer anzuschauen: Es ist eine kleine, weiß schimmernde Perle!

Plötzlich erinnert sie sich. Erinnert sich daran, dass diese kleine Perle ihre tägliche Begleiterin war. Als kleines Mädchen hatte sie sie stets dabei, wo auch immer sie hinging. Ohne diese kleine weiße Kugel konnte sie nicht einschlafen und sie schenkte ihr Zuversicht, wann immer sie besorgt war oder sich verlassen fühlte.

Sie umhüllt die Perle mit ihrer Hand und auf einmal erfüllt sie tiefe Ruhe. Ihre Arme und Beine werden von den leichten Strömungen des Wassers sanft hin- und herbewegt, ihr Blut pulsiert in ihren Ohren, das einzige Geräusch, das sie noch hören kann. Es ist dunkel, das Sonnenlicht schickt nur schwache Strahlen in die Tiefe. Die Welt dort oben ist weit weg, sie hat keinerlei Bedeutung mehr für sie, es scheint sogar, als existiere sie gar nicht mehr.

Auf einmal kitzelt sie etwas an ihrer Fußsohle, eine Luftblase schlängelt sich an ihrem Körper entlang, es folgen weitere Blasen, mehr und mehr, sie alle streben nach oben, der Wasseroberfläche entgegen. Die Frau öffnet die Augen, als würde sie aus einem tiefen Schlaf aufwachen und dann spürt sie, dass sie Luft holen muss. Mit kräftigen Zügen schwimmt sie, die Perle in der Hand festhaltend, an die Oberfläche, steigt aus dem Wasser und legt sich auf eine grüne Wiese. Dort schläft sie ein.

Als sie aufwacht, weiß sie im ersten Moment nicht, wo sie ist. Die kleine Perle, die in ihrer leicht geöffneten Hand glänzt, zeigt ihr, dass das Erlebnis mit der Kröte kein Traum war.

Sie legt die Perle beiseite, um sich wieder anzuziehen und spürt, wie sofort die Ruhe aus ihr weicht. Unbehagen steigt in ihr auf und ihr Körper fängt an zu schwanken. Sobald sie die kleine Kugel wieder in die Hand nimmt, wird alles ruhig in ihr. Mit der Perle fest zwischen ihren Fingern macht die Frau sich auf den Weg nach Hause.

Als sie die Dorfstraße entlangläuft, bemerkt sie die verwunderten Blicke der anderen nicht. Sie sieht nicht, wie die Bäckersfrau mit einer Kundin flüstert, während beide sie anschauen. Hört nicht die Kinder, die auf der Straße spielen und ihr etwas hinterherrufen.

Erst als sie zu Hause vor dem Spiegel steht, sieht sie, dass sich etwas geändert hat. Goldene Strähnen haben sich in ihren grauen Haaren eingenistet, ihre Augen sind grün geworden, das Hemd orange, die Hose glänzt in einem zarten Braun. Vor Schreck fällt der Frau die Perle aus der Hand. Und genau in diesem Moment wird alles wieder grau an ihr. Fassungslos starrt die Graue ihr Spiegelbild an. Dann bückt sie sich, um sie wieder aufzuheben und erneut sieht sie aus wie kurz davor, mit goldenen Strähnen und farbigen Gewand. Sie legt die Perle noch ein paar Mal aus der Hand und nimmt sie wieder auf, und jedes Mal wechselt ihr Aussehen von komplettem Grau zu bunter Vielfalt.

Die Frau schüttelt den Kopf. Dann öffnet sie einige Schubladen in ihrem Schrank, bis sie das Fach mit dem Nähzeug gefunden hat. Sie lässt die Perle in einen kleinen Beutel gleiten, bindet ein Lederband darum und hängt ihn sich um den Hals. Ein Blick auf ihr Spiegelbild bestätigt ihr, dass das Grau verschwunden ist.

All ihre Farben sind erneut zu ihr zurückgekehrt und die Frau spürt, wie gut es ihr tut. Wie ihr die Perle damals abhandengekommen ist, weiß sie immer noch nicht. Doch für den Rest ihres Lebens wird sie nun gut auf ihren unermesslichen Schatz aufpassen, den sie vor langer Zeit verloren, aber nun endlich wieder gefunden hatte.

Der weise Aal

Was ist meine wahre Bestimmung?",
die Frau blickte fragend zu den
Blättern des Baumes hinauf, unter
dem sie sich auf den Boden gesetzt hatte. Sie
lehnte sich an den breiten Stamm und legte
den Kopf in den Nacken. Die tiefen Furchen
der Rinde drückten hart in ihren Rücken, sie
waren alles andere als ein weiches Kissen für
ihren Kopf. Doch sie nahm den Druck kaum
wahr, denn sie schaute den zartgrünen Lindenblättern zu, die in den Strahlen der Sonne
und vom Wind schaukelnd tanzten. Es schien
so leicht zu sein dort oben, voller Licht und
Lebendigkeit, während sie hier unten saß,
auf der harten Erde, wo Steinchen unangen-
ehm in ihren Hintern piksten. Sie sehnte sich
nach dem Spiel der Blätter, wäre gerne selbst
so durchscheinend beweglich, aber sie fühlte

sich alles andere als das. Sie empfand sich als schwer und erstarrt.

Die Frau zog ihre Beine an und verschränkte ihre Arme auf den Knien, um ihren schweren Kopf daraufzulegen. Ihre Augen schlossen sich wie von allein und sie seufzte.

Ganz plötzlich erinnerte sie sich an den See ihrer Kindheit. Dieser See war zu groß, als dass sie ihn als Mädchen hätte schwimmend durchqueren können, aber doch immerhin so klein, dass er ihr die Hoffnung gelassen hatte, es eines Tages vielleicht schaffen zu können. An dem Ufer dieses Sees hatte sie ihre Kindheit verbracht, wann immer es ihr möglich war. Auf einem Stein sitzend hatte sie mit ihren Füßen im klaren, kalten Wasser geplanscht und einfach nur den Wolken zugeschaut, wie sie am Himmel entlangzogen.

Manchmal stand sie so still im Wasser, dass die kleinen Fische, die dort in Ufernähe schwammen, ihr furchtlos näherkamen. Sie hatte dann versucht, sie zu fangen, leider war ihr das nur ein einziges Mal gelungen: Ganz plötzlich schwamm in ihrer mit dem Seewasser gefüllten Hand ein kleiner, zartschimmernder, sandfarbener Fisch. Vor lauter Ehrfurcht hatte sie den Atem angehalten, als würde jeder Atemhauch, der ihrer Nase oder ihrem Mund entströmte, ihn verängstigen. Sie beobachte das Tier, hob es nah an ihre Augen, damit sie es so genau sehen konnte wie nur möglich. Insgeheim hoffte sie sogar, dass der Fisch sie nur einmal, ein einziges Mal direkt anschauen würde, doch das geschah nicht. Mit einem leisen Bedauern hatte sie ihm seine Freiheit wiedergegeben.

„Was bin ich wirklich?", fragte sich die Frau erneut und öffnete ihre Augen wieder. Die Ahnung einer Antwort spürte sie plötzlich in ihrem Bauch, als ob dort ein träger Aal herumschwimmen würde. Ein alter, ehrwürdiger Aal, der schon viel gesehen und erlebt hatte, vielen brenzligen Situationen hatte entkommen können. Der mittlerweile mehr durch sein Wissen und sein Gespür für mögliche Gefahren überlebte als durch die Schnelligkeit, die er früher einmal gehabt hatte.

„Was ist es wirklich, was ich tun soll?", fragte die Frau den Aal in ihrem Bauch und spürte auf einmal, so unmöglich es erschien, dass der Aal sie mit seinen runden, schwarzen Augen anschaute.

„Was glaubst du denn?", antwortete der Aal. „Ach, immer, wenn ich denke, ich habe herausgefunden, worum es geht, kommt etwas Neues in mein Leben, und ich muss wieder von vorn anfangen."

„Hm", der Aal schlängelte ein wenig hin und her, als suchte er in seinem Körper nach einer

Antwort. „Hm", brummte er noch einmal. „Ich verstehe nicht, was dein Problem ist. Ich bin schon immer ein Aal und war nie etwas anderes. Natürlich musste ich immer wieder lernen, mit neuen Herausforderungen umzugehen. Unbekannte Vögel sind aufgetaucht, vor denen ich mich in Acht nehmen musste. Der Lauf des Flusses hat sich immer wieder verändert, ist mal hierhin geflossen, mal dorthin. Ja, es gab Zeiten mit viel Wasser und andere Zeiten mit wenig Wasser. Immer war ich ein Aal, egal, was da draußen geschah. Was bist du denn?", fragte der Aal die Frau und blickte sie mit seinen tiefschwarzen Augen an.

„Ja, natürlich bin ich ein Mensch, das ist mir schon klar." Die Frau bewegte ihren Rücken, wandte sich hin und her, um die Anspannung ihrer Schulter loszuwerden. „Aber was ist denn wirklich meine Aufgabe hier in diesem Leben?"

Sie blickte wieder zu den Lindenblättern hinauf, die durch den Wind ein lebendiges Licht- und Schattenspiel tanzten, als wäre dort bei den Lindenblüten die Antwort auf all ihre Fragen versteckt. Als wartete ihre Bestimmung wie die Blüten nur noch auf eine Bestäubung, damit endlich, endlich ihr wahres Wesen zu keimen begänne.

Beide schwiegen eine Weile und hingen ihren Gedanken nach. Mittlerweile war die

Sonne tiefer gesunken, sodass der ganze Baum im Schatten lag. Der Wind war davongeweht, nun war es ruhig um sie herum. Sogar der Aal in ihrem Bauch war verschwunden, ohne sich von ihr zu verabschieden. Die Frau streckte die Beine aus, ließ ihre Hände auf den staubigen Boden sinken und rekelte ihren Rücken ein wenig, um eine etwas bequemere Sitzposition zu finden. Erst da wurde sie sich so richtig des Stammes bewusst, an den sie sich schon die ganze Zeit angelehnt hatte.

Sie drehte sich um, schaute ihn sich genauer an. Die Rinde war grau, von vielen Furchen und Rillen geprägt, in denen ein paar kleine schwarze Käfer herumkrabbelten. Mit ihren Fingern fuhr die Frau die Spuren der vergangenen Jahre entlang, bis sie aus einem inneren Impuls heraus den Stamm umarmte. Die Länge ihrer Arme reichte nicht aus, um ihn ganz zu umfassen, so groß und alt war dieser Baum. Sie schmiegte ihre Wange an den Stamm und sog den Geruch des Holzes ein. Mit jedem Atemzug atmete sie immer tiefer ein und aus. Tiefer und tiefer füllte sie sich mit dem Duft des Holzes, des Mooses auf der Rinde und all dem, was sie noch dort riechen konnte. Als sie das Gefühl hatte, vollkommen erfüllt zu sein von diesem Geruch, öffnete sie ihre Augen und erkannte, dass die Sonne schon hinter den Baumwipfeln verschwunden war und die Dämmerung eingesetzt hatte.

Die Frau stand auf, schüttelte sich, klopfte Erde und Blätter von ihrer Hose und ihrer Jacke, schickte der Linde ein stilles Danke aus ihrem Herzen und drehte sich um, bereit, wieder nach Hause zu gehen.

Da sah sie auf einmal einen Weg, der ihr vorher nicht aufgefallen war. Sie stutzte: „War der vorhin auch schon da?", fragte sie sich. „Oder habe ich ihn einfach nicht gesehen?" Sie schüttelte den Kopf, dreht sich einmal prüfend um sich selbst, aber da war nicht mehr allein der Weg, auf dem sie hierhergekommen war. Dort, wo vorher nur Bäume dicht an dicht gestanden hatten, gab es nun einen Durchgang.

Sie spürte: Das war ihr Weg. Genau jetzt war die richtige Zeit, um ihn zu gehen.

Gespräch mit dem Tod

„Leere ist Fülle." Mit diesem Satz im Kopf war sie aufgewacht, mitten in der Nacht. Draußen war es dunkel und ganz still, selbst die Vögel schienen noch zu schlafen. Diese Aussage hatte sie irgendwo einmal gelesen und hatte sie damals schon nicht verstanden: „Leere ist leer, da ist nichts. Das ist doch genau der Gegensatz zu Fülle!" Für sie war ganz klar: Freude, tiefe Gefühle, Natur, Schönheit, Erfahrungen und Erlebnisse, all das war Fülle, aber auch materielle Dinge wie Geld oder Essen. Das war alles andere als leer. Wieso also sollte Leere Fülle sein? Auch wenn sie diesen Satz nicht verstand, so hatte sie schon damals gespürt, dass darin eine Wahrheit lag. Eine Wahrheit, die sie anzog, die sie aber noch nicht erkennen konnte.

Nun war der Satz wieder da. Mitten in der Nacht. Die Frau zog die Stirn nachdenklich zusammen. Sie kannte die Fülle. Immer wieder war sie ihr begegnet und selbst wenn sie ihr einmal nicht so nahe war, so konnte sie die Fülle in der Ferne spüren. Warum nur ging ihr dieser Satz mitten in der Nacht durch den Kopf? Sie goss sich ein Glas Wasser ein, trank es in einem Zug aus und legte sich dann wieder ins Bett. Statt über einen Satz nachzudenken, den sie nicht verstand, wollte sie einfach nur schlafen.

Sie hatte kaum die Augen geschlossen, da klopfte es an der Tür. Es klopfte wieder. Nicht hämmernd, sondern sanft. Und es klopfte noch mal. Die Frau stieg seufzend aus ihrem Bett, zog sich eine Strickjacke über und öffnete die Tür: Da stand der Tod vor ihr, sie wusste es intuitiv sofort. Genauso hatte sie ihn sich immer vorgestellt: lang, hager, geradezu knöchern. Er trug einen schwarzen Umhang mit einer großen Kapuze, die er über den Kopf gezogen hatte. Nur eine Sense hatte er nicht dabei, sondern eine dunkelbraune Ledertasche, die schräg über seiner Schulter hing. Sie war dem Tod noch niemals persönlich begegnet, aber es gab gar keinen Zweifel, das war der Tod. Ihr stockte der Atem.

„Was willst du hier?", fragte die Frau, ohne auch nur darüber nachzudenken, ob sie den Tod duzen oder eigentlich siezen müsste. „Ich komme, dich zu holen!", der Tod lachte. „Nein, das war ein Scherz", schob er sofort nach „aber so werde ich doch immer zitiert, oder?"

Die Frau nickte verwundert: ein lachender Tod? Das war ihr neu. Sie schaute ihm genauer in sein hageres Gesicht und entdeckte überrascht sogar Lachfalten. Verwirrt zog sie ihre Augenbrauen zusammen.

„Darf ich eintreten?", fragte der Tod, und die Frau war so perplex über diese höfliche Frage, dass sie ohne ein weiteres Wort einen Schritt zur Seite ging, die Tür weiter öffnete und mit ihrer Hand in Richtung Küchentür wies. Der Tod lief an ihr vorbei, blieb im Flur stehen und zeigte fragend auf seine Füße: „Soll ich ...?"

„Bitte", antwortete die Frau, „da stehen auch Hausschuhe. Such dir welche aus!"

Der Tod streifte mit einer schnellen Bewegung seine schwarzen, aus grobem Leder gefertigten Schuhe ab. Dann zog er sich mit einem leisen Lächeln die pinkfarbenen, plüschigen Schweinchen-Pantoffeln an und ging weiter in die Küche. Dort setzte er sich auf die Eckbank, während die Frau Wasser aufsetzte und eine Kanne Kaffee zubereiten wollte. „Für mich bitte Tee", bat der Tod, „sonst kann ich heute Nacht nicht mehr einschlafen."

„Du kannst nicht einschlafen? Ich wusste gar nicht, dass du überhaupt schläfst", entgegnete die Frau.

„Na ja, ich schlafe natürlich anders als ihr. Aber ja, auch ich brauche mal Ruhe."

Die Frau stellte eine geblümte Kanne auf den Tisch, hängte ein paar Kräuter-Teebeutel hinein, goss Wasser dazu, nahm dann zwei Becher aus dem Regal und setzte sich dem Tod gegenüber auf einen Stuhl. Beide schwiegen sich eine Weile an, bis die Frau das Wort ergriff: „Warum bist du eigentlich hier?"

„Ich dachte mir, ich schaue mal bei dir vorbei, ich hoffe, ich habe dich nicht erschreckt?"

„Doch, das hast du", antwortete die Frau. „Normal ist das ja nicht. So mitten in der Nacht. Und überhaupt. Du hast dich gar nicht angekündigt!"

„Ja, das denken die Menschen so, dass ich nicht normal bin. Und das ist genau das Problem. Ich bin genauso normal wie du und deine Nachbarin, die Vögel draußen und wie der Wind, der gerade um die Ecken des Hauses weht. Aber alle erschrecken, wenn ich zu Besuch komme. Dabei bin ich gar nicht so schlimm", lächelte er und hob seine Beine, um mit seinen Schweinchen-Pantoffel-Füßen zu wackeln.

Die Frau musste lachen: „Ja, das stimmt. Aber mit diesen Schuhen bist du ja selten unterwegs."

„Meinst du, ich sollte meinen Stil ändern?", fragte der Tod. „Ein orangefarbenes T-Shirt tragen? Oder tief hängende Rapper-Hosen? Nee, nee, da erkennt mich ja niemand." Er schmunzelte.

„Nein, das ist es nicht." Die Frau nahm die Kanne und schenkte ihnen beiden Tee ein. „Die Menschen haben Angst vor dir, weil du die Leere mitbringst. Den Verlust, den Schmerz über das, was nicht mehr ist. Es tut verdammt weh, wenn man Freude verliert". Die Frau bemerkte ihren Versprecher nicht.

„Aber warum ist denn Verlust immer traurig, warum freut ihr euch denn nicht einfach?"

„Das meinst du doch nicht ernst, oder?" Die Frau war entrüstet. „Freuen? Dass jemand stirbt und einfach weg ist?"

„So meine ich das natürlich nicht. Aber ich habe häufig das Gefühl, dass ihr mein Geschenk gar nicht wahrnehmt." Der Tod hob seine Tasse empor und trank von dem heißen Tee.

„Geschenk? Was ist denn bitte schön dein Geschenk?" Die Frau konnte es nicht fassen.

„Hast du es denn noch nie gespürt?"

Die Frau schüttelte den Kopf.

„Es ist das Neue, das entstehen kann, wenn das Alte Platz macht. Es ist die Bedeutung, dass etwas wichtig war in deinem Leben, was nun nicht mehr ist. Aber so ist das Leben: Alles, was kommt, geht auch wieder. Wenn ich komme, reißt der Weg in den Himmel auf und ihr habt die Möglichkeit, noch während eures Lebens ein wenig Unendlichkeit zu spüren. Den Atem der Unendlichkeit. Es ist die Trennung, die schmerzt, nicht der Verlust an sich. Ihr glaubt, ihr könntet euer Leben kontrollieren – doch das könnt ihr nicht. Manchmal entscheidet ein Steinchen, in welche Richtung der Ball des Lebens springt. Außerdem: Wer Freude spürt, spürt auch Trauer. Es gehört einfach zusammen."

Die Frau nickte nachdenklich.

Der Tod schaute sie an: „Es gibt keine Leere. In der Leere ist immer alles da, sie ist weit, offen, durchlässig für alles. Sie öffnet ihre Arme für alles, was kommen mag. Nur wenn du innerlich verhärtest, sie nicht annehmen und nicht fühlen willst, dann wird sie bedrohlich. Lerne, die Leere zu lieben und sie wird keine Bedrohung mehr sein. Lerne es zu lieben, dass du Sehnsucht hast nach Menschen, die sich verabschiedet haben." Der Tod hielt inne. „Und atme. Der Atem ist das Grundprinzip des Lebens: Einatmen, ausatmen. Nehmen und loslassen. Vertraue dem Leben und erkenne an, dass alles gut ist. Auch die Leere."

Der Tod stand auf: „Jetzt muss ich mich aber mal wieder auf den Weg machen, ich habe noch einiges zu tun!". Er stellte seine Tasse ordentlich in die Spüle, dankte der Frau für den Tee und schaute ihr tief in die Augen. Und die Frau sah in seinen Augen die Unendlichkeit und das Wissen, dass alles da war. Selbst in der Leere. Immer und überall.

Bank am Meer

Still ist es hier. Der Wind treibt die Wolken am Himmel entlang, die Sonne wirft ihre Strahlen auf das Wasser und lässt die Wellen glitzern. Ich sitze gerne auf dieser Bank, nur ein paar Hundert Meter von zu Hause entfernt. Ich liebe diesen Ausblick auf die See und das Schilfgras, das sommers wie winters leise raschelnd im Wind tanzt. Die andere Seite der Bucht ist nicht allzu weit entfernt. Die Hügel, die mit Wald bewachsen sind, verschwimmen häufig im Dunst der Abenddämmerung. Es ist nicht viel los hier, nur vereinzelt laufen ein paar Erwachsene vorbei, um nach einem Arbeitstag ein wenig zu entspannen oder ein paar Kinder, die im Sand nach Muscheln suchen.

Als Kind habe ich gerne nach Muscheln gesucht. Wie habe ich das geliebt, draußen zu sein und die Gezeiten des Meeres zu erleben! Es gab immer wieder Neues zu entdecken: marmorierte Steine, zartschimmernde Muscheln oder stumpf geschliffene Glasscherben. Wenn ich viel Glück hatte, habe ich sogar einen schwarzen Haifischzahn gefunden. Ein paar von den Zähnen habe ich heute noch, sie liegen in irgendeiner Schublade. Ich müsste sie suchen, wenn ich sie mir anschauen wollte.

Eigentlich habe ich mein ganzes Leben lang gesucht. Nach dem Glück, dem Erfolg, nach der Liebe. Dachte, ich müsste nur schlau und brillant genug sein, damit man mich lieben würde. Es ist mir auch gelungen, schlau und brillant zu sein. In der ganzen Welt war ich unterwegs, überall gerne gesehen. Geliebt wurde ich nie. Kaum war ich nicht mehr da, vergaß man mich auch schon.

Meine Neugier und mein unstillbarer Hunger trieben mich voran. Ständig gab es noch etwas zu erforschen oder zu entdecken. Doch eigentlich habe ich immer nur nach der Stille gesucht. Manchmal habe ich sie auch gefunden. Aber immer gerade dann, wenn ich glaubte, sie erwischt zu haben, sie festhalten wollte, flutschte sie mir zwischen den Fingern hindurch. Verschwand in einer dunklen Ecke oder lief über die Straße davon. So machte ich mich wieder und wieder auf die Suche nach der Stille, um meine Unruhe zu besänftigen.

Über all das Suchen wurde ich älter und älter. Meine Augen wurden schwächer, meine Fähigkeit, kaltem Wetter zu trotzen, hat stark nachgelassen. Ich bin froh, dass das Meer so nahe ist, denn viel weiter kann ich kaum noch laufen. Die Holzbank, auf der ich sitze, habe ich der Gemeinde vor vielen Jahren gespendet, damit ich mich hier hinsetzen kann, wenn meine Beine mich nicht mehr tragen wollen. Es war nicht leicht für mich, die Grenzen meines Körpers zu akzeptieren. Nicht mehr reisen zu können. Nicht mehr schön zu sein. Nicht mehr gefragt zu sein. Doch allmählich habe ich mich dem einfach fügen müssen. Die zunehmende Schwäche meines Körpers war erstaunlich beharrlich in ihrer Verweigerung.

Hier sitze ich nun, wie fast jeden Tag, schaue den Wellen zu, wie sie ans Ufer schwappen. Beobachte die Wolken, die vorbeitreiben, sich auflösen in ihrem Flug, neue Formen annehmen, als könnten sie sich nicht entscheiden, wer sie sein möchten. Die Menschen hier kennen mich, sie grüßen aus der Ferne, aber sie halten Abstand. Sie wissen, dass ich gerne allein bin und niemanden brauche, um über Nichtigkeiten wie das Wetter zu plaudern.

Nur eine gesellt sich ab und an zu mir. Ich erinnere mich noch sehr genau daran, wie überrascht ich damals war. Konnte es nicht glauben, dass sie auf einmal da war. Ich wagte kaum zu atmen, aus Sorge, sie zu verscheuchen, doch als ich ganz langsam den Kopf zu ihr drehte, da war sie auch schon weg.

Ein paar Tage später war sie wieder da. Ihre Zerbrechlichkeit umwehte mich so sanft wie die Blütenblätter des wilden Mohns, der an den Beinen meiner Bank wuchs. Aber auch bei ihrem zweiten Besuch verschwand sie sofort, als ich ein Wort an sie richtete.

Wann immer ich danach auf sie wartete, kam sie nicht. Sie erschien meist dann, wenn ich aufgegeben hatte, nach ihr Ausschau zu halten, oder wenn ich gar nicht mehr an sie dachte. Es war jedes Mal eine Überraschung, wie leicht sie auf einmal da sein konnte. Wie leicht sie sich auch von einem Moment auf den anderen vertreiben ließ.

Wann immer ich versucht habe, sie anzusprechen, verflüchtigte sie sich von einem Moment auf den anderen. Nach ein paar Wochen habe ich es aufgegeben, ein Gespräch mit ihr zu führen. Was hätte ich schon davon gehabt? Hauptsache war doch, dass sie überhaupt bei mir war.

Seit einiger Zeit nicke ich nur noch vage, wenn sie sich zu mir setzt. Das ist mir genug.

Ich erinnere mich nicht mehr, wann sie das erste Mal bei mir auf der Bank Platz genommen hat. Aber es scheint mir, als wären wir über die Zeit Freundinnen geworden. Und eines, nicht allzu fernen, Tages werde ich mich an sie anlehnen und mich in ihr auflösen.

Im Rhythmus der Trommel

Steine. Überall um mich herum sind Steine, in allen möglichen Größen und Formen. Von klitzekleinen Kieselsteinen bis zu riesigen Felsbrocken, sie alle liegen wie achtlos dahingeworfen auf der trockenen Erde. Es fällt mir schwer zu glauben, dass diese großen Klumpen einmal aus winzig kleinen Kristallen oder Mineralien bestanden haben und durch tausendjahrelangen Druck zu diesen unerschütterlichen Steinbrocken geworden sind.

Die Sonne brennt auf mich hinab, sogar der Wind hat sein Säuseln eingestellt. Je länger ich in dieser Steinwüste unterwegs bin, umso mehr werde ich selbst zum Stein: Der Sandstaub hat sich meiner ermächtigt, er nistet in meinen Haaren und ist mir in meine Nasenlöcher gekrochen. Wenn ich meine Kleidung des Abends ausschüttele, verkriechen sich die Sandkörner in den Falten meiner Ärmel und Hosenbeinen, als würden ich sie aus ihrer Heimat vertreiben wollen.

Ich weiß nicht, wie viel Sand ich eingeatmet oder verschluckt habe, ich werde ihn einfach nicht mehr los. Vermutlich ist er sogar schon bis in mein Blut eingesickert, und mein Herz besteht bald nur noch aus kleinen braunen Sandkörnern, die meinen Herzschlag immer schwerer werden lassen.

Schritt für Schritt setze ich meine Füße voreinander, jede Bewegung erzeugt ein Geräusch. Meine Hosenbeine rascheln sanft, der Sand knirscht, knarzt und quietscht. Die Steine klackern leise, wenn ich sie aus Versehen anstoße und sie von mir wegspringen. Mein Atem ächzt unter der Anstrengung und der Hitze.

Des Nachts verabschieden sich die Geräusche. Wenn ich mich bei Sonnenuntergang niederlasse, wird es dunkel und kalt. Ich entfache ein kleines Feuer, das leise glüht, nur vereinzelt knistert, und mich warmhält. Der Himmel verblasst, wird dunkler, wird schwarz und mit der herabfallenden Dunkelheit erstrahlt ein Stern nach dem anderen. Mein Atem beruhigt sich, meine Kleidung verstummt, Stille ist um mich herum.

Doch die Stille währt nicht lange. Plötzlich spüre ich das Pochen meines Herzens: Kadumm. Kadumm.

Und wieder: Kadumm. Kadumm.

Ich schließe meine Augen und lausche dem Schlagen.

Kadumm. Kadumm.

Um dieses Geräusch auch spüren zu können, lege ich meine Hand auf mein Herz. Wie eine kleine Welle strömt es rhythmisch unter meiner Haut entlang. Ein unermüdliches Zusammenziehen und Loslassen.

Kadumm. Kadumm.

Meine Hand klopft sanft den Takt mit:

Kadumm. Kadumm.

Kadumm. Kadumm.

Schlagartig erinnert sich meine Hand. Erinnert sich an Bewegung, an Vibrationen. Sie erinnert sich an den hervorgerufenen Klang und in mir taucht ein Gefühl auf, wie meine Fingerspitzen die glatte Bespannung einer Trommel berühren. Eine Trommel, so groß wie mein Unterleib, helles Leder gespannt auf einen dunklen Rahmen.

Kadumm. Kadumm.

Mein Herz klopft. Meine Hand schwingt mit.

Kadumm. Kadumm.

Ich schließe meine Augen und konzentriere mich auf die Bewegungen meiner Hand, lasse den Klang der Trommel in mir vibrieren.

Kadumm. Kadumm.

Das Pochen klingt noch dumpf, als würde Sand auf der Trommel liegen.

Kadumm. Kadumm.

Mit jedem Schlag springen ein paar der winzigen Steinchen vom Leder herab, und der Ton wird allmählich heller und kraftvoller.

Kadumm. Kadumm.

Ich denke nicht nach, folge den Klängen, die aus meinem Bauch emporsteigen: durch mein Herz, meine Brust, durch die Schultern in meine Arme und Hände fließend den Rhythmus erzeugen.

Kadumm. Kadumm.

Es gibt nur mich, meine Trommel und das gesamte Universum um mich herum.

Kadumm. Kadumm.

Ich bin eins mit der Trommel und ihrem Klang, schwebe mit den Tönen durch die kristallklare Nachtluft und verliere mich zwischen hier und dort.

Kadumm. Kadumm.

Und bin doch immer noch hier, auf der sandigen Erde sitzend, während vor mir das Feuer glimmt.

Kadumm. Kadumm.

Die Töne der Trommel führen mich in einen tiefen, traumlosen Schlaf.

Als die ersten sanften Sonnenstrahlen am nächsten Morgen am Horizont aufsteigen, wache ich auf. Ich streiche mir eine Strähne aus dem Gesicht und stelle fest: Der Sandstaub in meinen Haaren ist weg, auch meine Nase atmet wieder frei. Als ich mich aufsetze, rieselt etwas von meinem Brustkorb auf den Boden. Mein Blick folgt dem Geräusch, und ich sehe um mich kleine Sandhaufen liegen, als hätte sie jemand in der Nacht dorthin geschüttet. Der Sand, der sich am Abend in den Falten und Taschen meiner Jacke und meiner Hose verkrochen hatte, ist ebenfalls verschwunden. Die Schwere des vergangenen Abends ist aus meinen Gliedern geflossen, ersetzt durch Leichtigkeit und Kraft. Es kribbelt in meinen Beinen, meine Augen schauen neugierig in die Weite und mein Herz schlägt in seinem Takt:

Kadumm. Kadumm.

Ich mache mich wieder auf meinen Weg, mit der Erinnerung an die Trommel in meinem Bauch, verbunden mit dem rhythmischen Schlag meines Herzens.

Kadumm. Kadumm.

Wie früher

Leise fallen die Schneeflocken auf den dunklen, erdigen Boden. Es sind noch so wenige, dass ich jede einzelne ganz klar erkennen kann. Ich strecke meine Hand aus, um sie einzufangen. Eine landet tatsächlich auf meiner Haut, aber sie löst sich sofort auf, übrig bleibt nur noch ein kleiner, nasser, formloser Fleck. Ich lege den Kopf in den Nacken und schaue dem Treiben zu. Die Eiskristalle kommen aus dem Nirgendwo des Himmels, tanzen schwankend der Erde entgegen. Sie heben sich ab von dem hellgrauen Hintergrund, sie fallen ohne Anfang und ohne Ende. Der Wind treibt mir Tränen in die Augen, mir ist kalt und ich beschließe, wieder hineinzugehen.

Ich koche mir frischen Tee, setze mich mit meiner heißen Tasse auf das Fensterbrett. Mit meiner Hand wische ich über das kalte

Fensterglas, das vom Dampf des Tees beschlagen ist, um weiter das Fallen der Schneeflocken zu beobachten. Früher war das anders, da habe ich den Flocken nicht zugeschaut, damals war jede einzelne Flocke eine Aufforderung, hinauszugehen und zu spielen. Auch wenn es schon viele Jahrzehnte her ist, erinnere mich gerne an die Winter meiner Kindheit. Im Hof meiner Eltern habe ich nach jedem Neuschnee riesige Schneekugeln gerollt, um einen Schneemann zu bauen. Am Anfang war es noch leicht, einen kleinen Schneeball umherzuschieben. Mit jeder Runde kam eine Schicht dazu, die die Kugel schwerer und schwerer machte. Der frische Schnee knarzte unter meinen Füßen, ließ meine Handschuhe feucht werden. Das war mir egal, genauso wie die Mütze, die mir immer wieder über die Stirn rutschte.

Mein Blick schweift im Garten umher und das Bild meiner Erinnerung legt sich über das Bild der Gegenwart. Ich sehe mich als Kind hier im Garten, wie es mit seinen Händen einen kleinen Ball formt. Es stößt diesen vor sich her, eine Spur in der Schneedecke hinterlassend. Ich kneife meine Augen zusammen, öffne sie wieder. Wie bei einem Kaleidoskop kann ich auf das Jetzt fokussieren oder auf die Vergangenheit. Ich gehe so nah an das Fenster, um genauer hinzuschauen, dass es von meinem Atem beschlägt. Mit meinem Ärmel versuche ich für klare Sicht zu sorgen, stoße dabei an die Glasscheibe, die dumpf dröhnt. Das kleine Mädchen dreht überrascht den Kopf zu mir, als hätte sie etwas gehört. Spontan winke ich ihr zu, so wie meine Mutter es früher immer getan hatte, wenn ich sie im Fenster erblickte.

Das kleine Mädchen winkt zurück. Ich stutze. Sieht sie mich? Das kann doch gar nicht sein! Ich klopfe mit meinen Fingerknöcheln an die Scheibe. Das Kind winkt noch einmal, es fordert mich mit einer Bewegung auf, das Fenster zu öffnen. Als ich zögere, wiederholt sie ihre Geste. Ich reibe mit meinen Händen über meine Augen und mein Gesicht. Doch als ich die Augen wieder öffne, steht sie immer noch da, die Arme in die Seite gestemmt, als wollte sie sagen: „Los, mach endlich das Fenster auf!"

Ich kann kaum glauben, was ich sehe. Aber als ich das Fenster öffne, schaut mich mein früheres Ich an, als könnte sie mich heute, Jahrzehnte später, sehen.

„Warum baust du eigentlich keinen Schneemann mehr?", fragt sie mich, doch bevor ich antworten kann, dreht sie sich weg, um weiterzuspielen. Sie formt eine zweite Kugel, hebt sie obendrauf, steckt Steine als Augen und Mund hinein, Stöcke als Arme. Danach lässt sie die eisige Figur stehen und läuft davon, ohne sich auch nur einmal umzudrehen. Das Bild verblasst, nur der Garten mit ein paar Flecken Schnee bleiben zurück.

Ich schüttele unbewusst den Kopf, ich muss mir diese Begegnung eingebildet haben. Mittlerweile ist es draußen dunkel geworden. Die am Tag gräulich wirkenden Flocken scheinen durch die sie umgebende Dunkelheit heller zu werden, sodass ich jetzt das Weiß erkenne, das sie ausmacht. Mein Bauch meldet sich mit einem fordernden Knurren, deswegen denke ich nicht weiter über mein Erlebnis nach, sondern beschließe, etwas zu essen. Ich ziehe den Vorhang zu, um die Kälte auszusperren, wärme die Gemüsesuppe vom Vortag wieder auf. Nachdem ich gegessen habe, setze mich mit einem Buch auf das Sofa und schlafe während des Lesens einfach ein.

Als ich am nächsten Morgen die Vorhänge wieder aufziehe, halte ich erstaunt inne. Alles ist weiß, mit einer unberührten, dicken Schicht Schnee bedeckt. Die Äste der Bäume tragen weiße Schatten, die dunkle Hecke ist hell verhüllt. Der Boden ist keine braun gefurchte Fläche mehr, sondern nur noch eine einzige helle formlose Ebene. Ein Gedanke blitzt mir durch den Kopf, doch weil ich Hunger habe, möchte ich erst frühstücken. Während ich mein Müsli esse und meinen Tee trinke, gleitet mein Blick immer wieder in die weiße Weite. Es ist so schön warm hier in meiner Hütte, dort draußen ist es bestimmt sehr kalt geworden über Nacht. Reicht es nicht, einfach von drinnen den Schnee zu genießen?

Ich denke über die Frage des Mädchens von gestern Abend nach. Doch ich kann darauf keine Antwort geben, warum ich schon so lange keinen Schneemann mehr gebaut habe. Also bleibt jetzt nur ein Weg übrig: Mit Stiefel, Jacke, Mütze und Handschuhen gehe ich hinaus in den Schnee. Anfangs stehe ich etwas unsicher herum, frage mich, ob das nicht albern ist. Ob ich nicht viel zu alt bin, aber dann fange ich an, eine Kugel zu formen und sie im Weiß umherzurollen.

Wie früher knarzt der Schnee unter meinen Schuhen, meine Mütze rutscht mir immer wieder über die Augen, die Handschuhe werden feucht. Nicht einen Moment lang denke ich darüber nach, warum ich das mache oder dass das für meinen alten Rücken gar nicht mehr gut ist.

Die Schneebälle rolle ich kreuz und quer über die Wiese, hinterlasse dabei Spuren, die in ein paar Tagen vielleicht schon wieder von neuem Schnee überdeckt werden. Mit einem Ächzen hebe ich die etwas kleinere Kugel auf die andere, breche zwei Zweige von dem Haselnussstrauch ab, um sie als Arme hineinzustecken.

Die Steine, die ich für die Augen brauche, grabe ich unter dem Schnee aus und stecke sie ihm dann ins Gesicht. Ich betrachte lächelnd mein Werk: Etwas kahl sieht er ja aus. Aber ich habe immerhin nach vielen, vielen Jahren mal wieder einen Schneemann gebaut!

Mir ist warm, mein Atem dampft in der kalten Winterluft. Hinter der weißen Figur kreuzen sich die Spuren, die ich hinterlassen habe. Nur ein Stückchen am Rand der Wiese ist noch gänzlich unberührt. Dort gehe ich hin, lasse mich rückwärts in den Schnee fallen. Ich wedele mit Armen und Beinen, schiebe den Schnee zur Seite, bis es nichts mehr wegzudrücken gibt. Der Boden strahlt eisige Kälte aus, über mein Gesicht weht der Wind einzelne Schneeflocken hinweg. Getragen von der kalten Erde, schaue ich in den grauen Himmel. Und ich bin einfach nur glücklich. Wie früher.

Anders

Der Vollmond schien durch das Fenster, als ich mitten in der Nacht aufwachte, mein Herz umschlungen von einer lang verschwundenen Traurigkeit. Ich schaute zum Mond hinauf und beobachtete ihn, wie er über den Bäumen schwebte. In meinem Kopf tauchte ein Gedanke auf: „Vielleicht sollte ich mich auf den Weg machen, genau wie der Mond."

Noch nie hatte ich die Grenzen meines Dorfes verlassen, hatte mich angepasst, so gut ich es vermochte, doch schon immer war ich anders gewesen als die anderen. Ich hatte zu keiner Zeit wirklich dazugehört und wenn ich ehrlich zu mir selbst war, musste ich gestehen, dass ich zu „denen" auch gar nicht dazugehören wollte. Manchmal hatte ich mich gefragt: „Wie mag es wohl an einem anderen Ort sein? Gibt es dort

Menschen, zu denen ich gehören könnte?" Aber da ich nicht wusste, wo ich hätte hingehen sollen, blieb ich, wo ich schon immer war.

In dieser Nacht wärmte der Mond mein Herz und das schlug auf einmal so kraftvoll, dass ich dachte, mir würde der Brustkorb zerspringen, wenn ich nicht sofort aufstehen würde. Also stand ich auf, überlegte kurz, was ich jetzt tun sollte, und fing dann noch im Dunkeln an, eine Tasche zu packen, mit Brot und Wasser, einem Schal und einem warmen Umhang aus grober Wolle. Aus der kleinen Kiste unter dem Bett holte ich die Münzen hervor, die ich dort in den letzten Jahren gesammelt hatte. Ganz zum Schluss kam noch das Messer dazu, das ich einst von meiner Großmutter geschenkt bekommen hatte.

An der Schwelle des Hauses stehend, warf ich einen Blick in mein Zuhause, das mir noch nie wirklich Heimat gewesen war: Der Küchentisch, vernarbt und voller Flecken, die Tür zum Schlafraum, die immer wieder knarrte, egal, wie sehr ich sie geschmiert hatte, der alte Teppich, verschlissen und verloren all seiner Farben. Wie unbedeutend mir all das auf einmal vorkam. Gestern war alles noch so selbstverständlich und heute schon völlig belanglos.

Niemand sah mich, als ich das Dorf auf der Hauptstraße verließ. Die Straße, auf der ich entlangging, führte mich von meinem alten Leben weg. Tag für Tag folgte ich dem Weg, des Nachts schlief ich auf fremden Bauernhöfen in der Scheune, erledigte einfache Arbeiten, melkte die Kühe oder fegte den Hof. Dafür bekam ich ein kleines Frühstück und etwas Essen für den Weg, sodass ich keinen Hunger leiden musste. Die Menschen waren freundlich zu mir, manchmal wurde ich auch eingeladen zu bleiben. Doch Mal für Mal fühlte ich mich wie eine Fremde, wie eine, die die Sprache der anderen nicht verstand. Deswegen zog ich immer wieder weiter, nahm einen neuen Weg, bog in eine andere Richtung ab.

Nach vielen Wochen des Wanderns kam ich zum hundertsten Male an eine Kreuzung, die eine Entscheidung von mir verlangte: Geradeaus? Links? Oder doch besser rechts? An diesem Tag überforderte mich das. Es war sehr heiß, selbst die Vögel waren verstummt. Kein Windhauch sorgte für ein wenig Kühlung, Schweißtropfen rannen meine Wirbelsäule hinab.

Ich war schon so lange gewandert, dass meine Beine mich kaum noch zu tragen vermochten. Doch es lag nicht nur an diesem einen Tag, dass ich erschöpft war, sondern es waren all die vielen Tage und Kreuzungen, die hinter mir lagen. Ich war müde, müde des Suchens, des Laufens und der immer wieder neuen Entscheidungen. Ja, ich hatte nette Begegnungen erlebt, doch ich hatte noch nicht die Menschen gefunden, bei denen ich bleiben wollte.

Mit der Hand strich ich über meine feuchte Stirn. Ein Tropfen, vielleicht war es auch eine Träne, lief meine Wange hinunter. Ich wollte einfach nicht mehr laufen und beschloss, eine Rast einzulegen. Ich ging ein paar Schritte vom Weg ab und ließ mich dort ins Gras fallen: „Nur ein paar Minuten schlafen, vielleicht weiß ich dann, wo ich entlanggehen soll."

Als ich später wieder aufwachte, war die Sonne schon so weit ihren Weg gegangen, dass ich im Schatten lag und es ein wenig kühler geworden war. Ich setzte mich auf, um nach meiner Tasche zu greifen. Dort sah ich eine kleine, fast durchsichtig schimmernde Schnecke sitzen, die sich wie ich zu einem Schläfchen in ihr Häuschen zurückgezogen hatte. Das Tierchen schien so zart zu sein, dass ich mich nicht traute, sie anzufassen, aus Angst, die zerbrechliche Hülle dabei zu zerstören. Ich riss ein Blättchen von einem Löwenzahn ab und legte es vor sie hin, in der Hoffnung, dass sie dort hinaufschleichen würde. Doch die Schnecke blieb in ihrem Häuschen. Ein Seufzen entrang meiner Brust, so würde ich nie weiterkommen. Aber ich brachte es einfach nicht über mein Herz, diese kleine

Schnecke in Gefahr zu bringen. Also legte ich mich wieder hin und schaute in den Himmel. Ein Rabe flog über die Baumwipfel und zog krächzend seine Kreise.

In diesem Moment hörte ich Steine knirschen. Mein Herz schlug schneller, ich hatte nicht damit gerechnet, hier jemandem auf meinem Weg zu begegnen. Ich setzte mich auf und schaute der Gestalt entgegen. Es war eine junge Frau mit blasser Haut und schwarzen struppigen Haaren. Sie trug ein weißes, weites Hemd, eine schwarze Hose, etwas zu groß wirkende schwarze Stiefel und pfiff eine kleine leise Melodie vor sich hin.

Als sie bei mir vorbeikam, blieb sie stehen, grüßte mich mit einem Nicken und schaute mich neugierig an: „Ist alles in Ordnung mit dir? Geht es dir gut?"

Ich nickte: „Ja, ich mache nur gerade etwas Pause. Wohin gehst du denn deines Weges?"

Die junge Frau antwortete: „Ich will ins Dorf, dort soll es ein großes Fest geben, mit Tanz und Gesang! Dort will ich Ausschau halten nach einem Mann, denn ich fühle mich einsam und möchte mich wärmen an der Liebe! Willst du nicht mitkommen?"

Ich erinnerte mich daran, wie ich vor vielen Jahren mein Glück auch in der Liebe gesucht hatte. Doch ich hatte mich verloren, keine

Heimat darin gefunden. So verführerisch es auch klang, ich wusste aus Erfahrung, dass das kein Weg für mich sein könnte. „Nein, das ist für mich nicht das Richtige, da will ich lieber noch ein wenig hierbleiben. Aber dir wünsche ich viel Glück!" Die junge Frau nickte nur und ging weiter ihrer Wege. Ich schaute ihr hinterher und bewunderte sie für ihre Zielstrebigkeit. Sollte ich mich nicht vielleicht doch der Schwarzhaarigen anschließen? Es einfach ein weiteres Mal versuchen, anstatt wie bisher weiter durch die Wildnis zu laufen? Ich wollte schon zu meiner Tasche greifen, um der ihr nachzulaufen, doch dann sah ich, dass die Schnecke sich noch immer nicht vom Fleck gerührt hatte und sich weiterhin in ihrem Häuschen versteckte.

„Na gut, dann eben nicht." Mein Impuls erlosch genauso schnell, wie er aufgetaucht war. Ich beschloss, meine Tasche liegenzulassen und einfach jeden der drei Wege ein paar Minuten entlangzulaufen, um zu schauen, ob sich mir vielleicht ein Zeichen zeigen würde, welcher Pfad der meine sein könnte.

Zuerst bog ich links ab, lief den Weg entlang, den die junge Frau gegangen war, und nach einiger Weile schwebten der Klang der Musik und das Gelächter der Dorfbewohner zu mir hinüber. Etwas in mir zog mich hin zu diesem Dorf, ich hätte gerne dazu gehört, hätte getanzt, gefeiert und mich vielleicht auch verliebt. Die herüberklingende Leichtigkeit lockte mich. Doch auch wenn ich Sehnsucht danach hatte, dazuzugehören, so war mir doch tief in meinem Inneren klar: „Dieser Weg ist es nicht", und ich kehrte zu der Wegkreuzung zurück.

Die kleine Schnecke ruhte noch immer an genau der gleichen Stelle auf der Tasche, deswegen schaute ich mir den zweiten Weg an. Doch je weiter ich ihn ging, umso dunkler wurde dieser. Die Tannen wurden größer und die Äste immer dichter, sodass ich den Himmel bald gar nicht mehr sehen konnte. Das war mir zu dunkel und bedrohlich, daher kehrte ich wieder um.

Etwas mutlos betrat ich den dritten Weg. Anfangs schien er mir wider Erwarten ganz angenehm, war leicht zu laufen und wand sich in sanften Kurven durch den Wald. Nach einer weiteren Biegung sah ich jedoch, dass der Weg blockiert war. Da, wo ich zwischen zwei hohen Felswänden hätte durchlaufen müssen, war ein riesiger Brocken herabgestürzt und es war kein Durchkommen mehr möglich. Also kehrte ich zurück.

„Was mache ich denn nur?", fragte ich die kleine Schnecke auf meiner Tasche, ohne jedoch ernsthaft eine Antwort zu erwarten. „Jetzt habe ich mir alle Wege angeschaut, aber keiner der Wege ist der richtige für mich. Was soll ich machen, ich will nicht wieder zurück in mein altes Dorf", jammerte ich vor mich hin. Mittlerweile war die Dämmerung hereingebrochen und ich beschloss, hier die Nacht zu verbringen, sammelte ein paar trockene Äste, um ein kleines Feuer anzuzünden, wickelte mich dann in meinen Umhang und schlief sofort ein.

Als ich am anderen Morgen erwachte, hielt ich meine Augen noch geschlossen und lauschte dem Klang meines Traumes nach: Meine Großmutter war mir im Schlaf erschienen. Sie hatte mir über das Haar gestrichen und eine kleine Melodie gesungen. „Mein kleines Kind" hatte sie mir ins Ohr geflüstert, „du darfst dich nicht verleiten lassen von der Welt und den Menschen darin. Ich weiß, wie gerne du dazugehören möchtest. Doch du bist anders. Du kannst nicht den Spuren der anderen folgen, du musst dir deinen eigenen Weg bahnen – und nimm die Schnecke mit!"

Ich wollte mich länger in dem Gefühl der Erinnerung an meine Großmutter einkuscheln. Doch die Vögel zwitscherten so laut, dass ich keine Ruhe mehr fand. Ich schlug die Augen auf und blickte direkt auf die Schnecke, die genau in diesem Moment aus ihrem Häuschen herauskam, ihre Fühler bewegten sich dabei vorsichtig hin und her.

Die Botschaft meiner Großmutter klang noch in mir nach und ich beschloss, ihrem Rat zu folgen, auch wenn ich den Sinn nicht ganz verstand.

Ich wartete, bis die Schnecke endlich auf das Löwenzahnblatt gekrochen war, nahm das Blatt in die Hand und schulterte meine Tasche. Einen Moment hielt ich inne, ging ein paar Schritte den Weg entlang, der vor mir lag, drehte mich dann aber um und lief einfach zwischen den Bäumen hindurch. Ich umrundete weiße Birken, kroch unter dunklen Tannen hindurch und durchquerte Wiesen mit blühenden Gräsern, die an meinen Beinen kitzelten. Eine Zeit lang folgte ich dem Schreien eines Eichelhähers, der mich zu rufen schien. Wenn Dickicht mich behinderte, bahnte ich mir einen anderen Weg.

Auf diese Weise lief ich ein paar Tage. Ich mied die Wege, überquerte sie erst, nachdem ich mich vergewissert hatte, dass ich dort niemandem begegnen würde. Meinen Schal verlor ich unterwegs und einige Tage hatte ich kaum etwas zu essen. Vereinzelt hatte ich wilde Brombeeren entdeckt, die süßen Früchte aus den dornigen Zweigen gezupft, die Finger immer röter werdend. Zum Glück gab es genug Bäche in diesem Wald, die meinen Durst stillten. An jedem klaren Rinnsal, Flusslauf oder See wusch ich mich, auch wenn die Tropfen vom letzten Mal noch nicht getrocknet waren. Goss es mehrfach mit meinen hohlen Händen über Kopf, Arme und Beine, egal, ob ich schmutzig war oder nicht.

Die kleine Schnecke trug ich immer in meiner Hand, gab ihr jeden Tag ein frisches Blatt und setzte sie, wenn ich mich schlafen legte, unter einen kleinen Busch, damit ihr nichts geschähe. Und jeden Morgen hatte sie etwas von dem Grünzeug gefressen, sich aber scheinbar nicht vom Fleck gerührt, als hätte sie die ganze Nacht darauf gewartet, wieder mit mir losziehen zu können.

Eines Abends kam ich zu einer Hütte, die sich am Rand einer kleinen Lichtung befand. Ein Bach plätscherte vorbei und eine Veranda aus Holz lud mich zu einer Pause ein. Ich setzte mich dorthin, legte das Blatt mit der Schnecke neben mich und ließ meinen Blick schweifen. Das Holz der Hütte war alt und grau, die Tür hing schief in den Angeln und an den Fenstern klebten Spinnweben, die sanft im Hauch der Abenddämmerung schwangen. Um die Hütte herum schien früher ein Garten gewesen zu sein, der jedoch jetzt verwildert war. Da es bald Zeit sein würde, um zu schlafen, richtete

ich mir in einer windstillen Ecke einen Schlafplatz ein.

Am nächsten Morgen begrüßte eine Amsel
mich mit ihrem munteren Gesang und zum
ersten Mal seit langer Zeit hatte ich das Gefühl,
willkommen geheißen zu werden. Die Sonne
schickte ihre sanften Strahlen durch die Äste
und wärmte meine Haare.

Ich hatte genug davon, mir jeden Abend einen neuen Schlafplatz zu suchen und den ganzen Tag umherzustreifen. In der Hütte standen
ein wackeliger Tisch, ein Schemel und ein grob
gezimmertes Bett aus alten Birkenstämmen. Es
schien schon lange niemand mehr gewohnt zu
haben, deswegen wollte ich es wagen, mich an
diesem Ort etwas auszuruhen.

In meinem Geldbeutel klimperte noch eine
Handvoll Münzen, deswegen suchte ich eine
Siedlung auf, die ich am Tag zuvor aus der
Ferne gesehen hatte und deckte mich mit Essen und einer Decke ein. Zurück in der Hütte
schaute ich wieder nach meiner Schnecke, doch
die war verschwunden, eine silbrige Schleim-
spur zeigte einen Weg zu den Brennnesseln.

Ich zuckte mit den Schultern und begann, es
mir einzurichten mit dem, was das Häuschen
hergab. In den Tagen danach entfernte ich die
Spinnweben aus den Ecken, wischte den Staub

von den Brettern und fegte den Boden sauber. Danach rupfte ich aus den Beeten die Gräser heraus, die dort wild wuchsen, trug Steine an die Seite und säte Heilkräuter und Gewürze aus. Von meiner Großmutter hatte ich als kleines Kind viel gelernt über die Kraft der Pflanzen, hatte aber vieles auch schon wieder vergessen.

Als die Kräuter nach einiger Zeit hochgewachsen waren, schnitt ich sie mit dem Messer meiner Ahne ab, ging damit zum Markt und verkaufte sie dort. Wann immer mir jemand am Marktstand eine Frage stellte, wozu dieses oder jenes Kraut nütze sei, und ich das nicht sofort beantworten konnte, fragte ich im Geiste meine Großmutter. Die flüsterte mir dann das Wissen ein, an das ich mich selbst nicht mehr erinnern konnte.

Immer häufiger kamen zwischen den Markttagen auch Frauen zu mir in den Wald, um frische Kräuter zu kaufen. Meist blieben sie noch eine Weile, setzten sich zu mir auf die Veranda und erzählten mir ihre Sorgen und Nöte. Ich hörte einfach nur zu, doch das schien mehr als genug zu sein. Wenn sie dann wieder den Weg nach Hause einschlugen, war ihr Gang leichter, die Augen strahlten etwas mehr als zuvor und manchmal entschlüpfte ihren Lippen sogar ein kleines Liedchen. Und doch: Wie früher schien etwas zwischen den Menschen und mir zu sein, was sie auf Abstand hielt. Aber im Gegensatz zu damals hatte ich meinen Platz gefunden, den Ort, an dem ich mich zu Hause fühlte, und das hatte alles verändert. Mein Zuhause war nicht im Dorf bei den Menschen, sondern draußen, in der Natur, bei den Eulen, den Füchsen und den Naturwesen des Waldes.

Hier in dieser kleinen Hütte bin ich nun daheim. Jeden Morgen begrüßt mich die Amsel mit ihrem fröhlichen Gesang, der Rabe wirft mir später am Tag seinen krächzenden Ruf zu. Aus der kleinen zarten Schnecke ist eine große zarte Schnecke geworden. Sie kommt noch heute immer wieder zu Besuch auf die Veranda, dann sitzen wir nebeneinander und schauen der Sonne zu, wie sie hinter den Baumwipfeln verschwindet.

Rapunzels Freiheit

Lass dein Haar herunter", schallte es vom Turmhof durch das offene Fenster hinein, gefolgt von einem sanften Pferdeschnauben. Die Prinzessin seufzte. Kaum war der eine Besuch weg, kam auch schon der nächste. Sie erhob sich von ihrem lilafarbenen Sessel und ging ein paar Schritte zum Fenster.

Als sie dort ankam, drehte sie sich um und blickte auf ihre Haare, die sich von ihrem Schopf bis zum Boden neben dem Sessel ergossen. Ihre Mähne war lang, unendlich lang und strahlte sanftes goldenes Licht aus, ob in den hellen Stunden des Tages oder auch in der Dunkelheit der Nacht. Sie ergriff die güldene Pracht, zog sie mehrfach näher zu sich heran, bis sie die Haarspitzen erreicht hatte. Sanft pustete sie die Spitzen an, bevor sie sie aus dem Fenster gleiten ließ und die Haare in die Tiefe fielen.

Automatisch spannte sie ihre Halsmuskeln an, um dem Ziehen an ihrer Kopfhaut entgegenzuhalten. „Wer wird es wohl dieses Mal sein?", fragte sich die Prinzessin. „Was wird heute meine Aufgabe sein?"

Am Rucken ihres Kopfes erkannte sie, dass der Besuch bereits zu ihr emporkletterte. Während sie wartete, blickte sie in der Landschaft umher, von so hoch oben im Turm hatte sie einen weiten Ausblick. Auch wenn sie selbst noch nie dort draußen gewesen war, genoss sie das Panorama über die Hügel und die Wälder, die sich im Laufe der Jahreszeiten immer wieder von einer neuen Seite zeigten.

Die Prinzessin lebte schon lange in ihrem Reich. Im Laufe der Jahre waren viele Menschen zu ihr gekommen. Die einen wollten Stroh zu Gold verwandelt haben, andere brauchten jemanden, der ihnen zuhörte, manche kuschelten sich einfach nur in ihr weiches Haar ein und ruhten sich aus.

Die Prinzessin spürte, dass der neue Besuch gleich sein Haupt durch das Fenster stecken würde. Es kribbelte jedes Mal in ihrem Bauch, wenn jemand seinen Kopf durch den Holzrahmen reckte und über den Sims kletterte. Oft hatte sie gleich eine Ahnung, mit welcher Frage der Mensch zu ihr kam. Männer wie Frauen, Junge wie Alte, alle wollten sie etwas von ihr und ihre Aufgabe war es, ihnen das zu geben, was sie brauchten.

Heute erschien ein Kopf mit blonden Haaren und strahlend blauen Augen, die nicht vorsichtig oder ängstlich waren, sondern mit einem frechen Funkeln zu ihr hinüberschauten: „Hallo Prinzessin!", rief der Blondschopf.

Die Prinzessin konnte nicht erfassen, ob das ein Junge oder ein Mädchen war. Nur die Jugendlichkeit dieses Wesens konnte sie erkennen: Die Haut strahlte Frische aus, die schmalen Glieder und deren Energie ließen den Körper geradezu über den Fenstersims hineinfliegen.

„Ich bin Jamba", begrüßte der Besuch sie mit einem Nicken. „Komm, setz dich", antwortete die Prinzessin. „Möchtest du etwas trinken?" Mit geübten Handgriffen zog die Prinzessin ihre Haare wieder empor, wie sie es immer tat, damit sie mit ihrem Besuch nicht gestört würde.

„Nein danke", antwortete Jamba und schaute sich im Raum umher: „Hier lebst du also schon dein ganzes Leben?"

„Ja", antwortete die Prinzessin irritiert. Sie hatte es noch nie erlebt, dass sich jemand für sie und ihr Leben interessierte.

„Gefällt es dir hier?", fragte Jamba erneut.

„Na ja, ich lebe schon mein ganzes Leben hier. Aber warum bist du denn hier, was möchtest du von mir?"

Jamba sah sie an: „Ich will nichts von dir. Aber mir haben schon so viele Menschen von dir erzählt, von deiner Weisheit und deinem Wissen. Aber auch, dass du noch nie diesen Turm verlassen hast. Da bin ich neugierig geworden und wollte dich einfach mal kennenlernen."

Die Prinzessin schwieg. Sie wusste nicht, was sie antworten sollte und beobachtete, wie ihr Gast im Raum umherging und sich alles genau anschaute: den Putz zwischen den Steinen in der Mauer. Den eisernen Kerzenhalter, überzogen von alten Wachsresten. Das Spinnrad, das in der Ecke stand.

Die Finger ihres Besuchs strichen über all ihre Gegenstände hinweg, als würde nur der sinnliche Kontakt wirklich fassen können, was das Auge nicht in der Lage zu sehen war. Die Prinzessin wiederum beobachtete Jamba sehr genau, auch ihr Zuhause hatte noch nie jemand so eingehend betrachtet.

Jamba ging im Raum umher, blieb dann vor der Prinzessin stehen, blickte ihr in die Augen und fragte: „Kommst du mit?"

„Wohin? Mein Platz ist doch hier!"

„Na, nach draußen. In die Welt!"

„Das geht nicht, wenn ich den Turm verlasse, kann ich nicht wieder hierher zurück. Wie soll ich dann wieder nach oben kommen?"

„Ja und?", antwortete Jamba. „Dann kehrst du halt nicht zurück."

Die Prinzessin schüttelte den Kopf. „Ich kann das nicht."

„Ach komm", forderte Jamba sie heraus. „Ein bisschen Spaß haben, ein bisschen was erleben, hast du keine Lust dazu?"

„Nein", antwortete die Prinzessin, „die Menschen brauchen mich, ich kann hier nicht weg."

„Schade, dann gehe ich halt wieder", antwortete Jamba. „Lässt du mich noch an deinem Haar herunter?"

Die Prinzessin zögerte kurz, nickte und ließ ihre Haare durch das Fenster hinabgleiten. Jamba rutschte daran hinab und sprang auf einen Schimmel, der unten auf der Wiese stand.

Die menschliche Gestalt, die ihr trotz ihrer knappen Begegnung merkwürdig vertraut war, schaute zu ihr hoch, winkte kurz und galoppierte über die Wiese in den Wald hinein.

Die Prinzessin schüttelte den Kopf. Sie hatte schon viele merkwürdige Menschen kennengelernt, doch so jemand wie heute war noch nie bei ihr erschienen.

Mit einem Blick nach unten auf den Turmhof sah sie, dass niemand mehr auf sie wartete. Der Himmel färbte sich allmählich rot und die Prinzessin beschloss, für heute Schluss zu machen. Sie zog ihre Haare wieder empor, schloss die Holzläden der Fenster und wandte sich zurück in ihrem Turm.

Am nächsten Tag machte sie weiter wie bisher: Sie wurde gerufen, sie ließ ihren Zopf hinunter, jemand kam zu ihr empor, sie gab, was sie geben konnte, ließ den Besuch wieder hinab und wartete, bis ein neuer Ruf erklang. So vergingen die Tage ohne besondere Vorkommnisse. Nur manchmal, wenn sie ein weiches Wiehern oder Schnauben hörte, erinnerte der Klang sie an Jambas Pferd. Mit klopfendem Herzen eilte sie dann zum Fenster, in der Hoffnung, dieser ungewöhnliche Mensch käme wieder hinaufgeklettert. Doch nach einer Weile dachte die Prinzessin nicht mehr an den besonderen Besuch.

Aber eine Kleinigkeit in ihrem Verhalten hatte sich verändert: Seitdem Jamba da gewesen war, flocht sie, wann immer sie nichts zu tun hatte, eine Haarsträhne um ihre Finger. Sie drehte sie ein, nur um sie wieder loszulassen und von vorn anzufangen.

Eines Tages hatte die Prinzessin sich ein paar Blumen zurechtgeschnitten und sie sich auf den alten Holztisch gestellt. Sie saß auf ihrem Sessel und schaute aus dem Fenster, da griff sie auf einmal zur Schere, die sie noch nicht weggeräumt hatte, und schnitt die Strähne ab, die sie sich gerade um ihren Zeigefinger gewickelt hatte.

„Schnapp" machte es und die Prinzessin erschrak. Was hatte sie da gerade getan?

Doch dann, nach einem kurzen Moment des Zögerns, schnitt sie weiter eine Strähne nach der anderen ab. Mit jedem Schnitt wurde es ihr leichter und leichter um den Hals und Nacken. Um sie herum türmte sich ihr langes Haar zu einem großen Haufen goldener Strähnen heran.

Draußen erschallten immer neue Rufe: „Lass dein Haar herunter!"

„Prinzessin, was ist los?"

„Wo bleibst du denn?"

Die Prinzessin ignorierte die Rufe, immer mehr Haare fielen ab.

„Lass endlich dein Haar herunter", wieder rief jemand zu ihr hinauf. Da wurde es der Prinzessin zu viel und sie schrie: „Einen Moment bitte", dann schob sie den Haufen Haare unter das Fenster und warf sie hinaus. Sie musste sich mehrmals bücken, mit beiden Armen zupacken, um wirklich alles hinunterwerfen zu können. „Da habt ihr meine alten Zöpfe!", rief die Prinzessin, schloss die Fensterläden, ohne sich weiter um die Antworten zu kümmern, die gedämpft durch das Holz hindurch klangen.

Als sie sich wieder in ihren Raum drehte, sah sie dort, wo bisher nur eine Steinmauer gewesen war, nun eine hölzerne Tür. Überrascht ging sie darauf zu und kam an ihrem Spiegel vorbei. Wie jedes Mal warf sie einen Blick hinein und sah ganz erstaunt, dass auch ihr Spiegelbild anders aussah, als sie es bisher kannte: Sie war jünger geworden, die Haare immer noch blond, aber nur kinnlang. Die Augen strahlend blau, das Gesicht jugendlich, weder Mädchen noch Junge.

Die Prinzessin schüttelte den Kopf und sah ihre Haare mit einer Leichtigkeit um ihren Hals tanzen, wie sie es noch nie erlebt hatte. Sie lächelte. Dann nickte sie ihrem Spiegelbild zu, zog sich einen Mantel über und verließ den Raum durch die hölzerne Tür.

Sie lief die Stufen der steinernen dunklen Wendeltreppe hinab und trat hinaus auf eine grüne Wiese, auf dem ein weißes Pferd stand. Die Prinzessin sog den Duft nach frischem Gras tief in ihre Lungen ein, bevor sie ausatmete und auf den Schimmel zuging. Sie streichelte kurz seinen Hals und sprang dann auf seinen Rücken. Die Prinzessin warf einen letzten Blick zu dem Fenster ganz oben im Turm, erhob zum Abschied ihre Hand, ergriff die Zügel und ritt in den tiefen Wald hinein.

Vor dem Turm aber blieben die Menschen ratlos zurück, bis sie sich nach einer Weile in alle Himmelsrichtungen zerstreuten.

Der Punkt

Es war einmal ein kleiner Punkt. Er war von runder Form, wie ein Punkt nun mal so ist, und dieser Punkt war schwarz. Es gibt auch ganz viele andersfarbige Punkte: libellenblau, grasgrün oder feuersalamandergelb, aber dieser hier war einfach nur schwarz. Er lag herum, und manchmal, wenn ihm danach war, hüpfte er ein bisschen hin und her. So hatte er jedes Mal einen etwas anderen Blickwinkel auf das, was um ihn herum war. Das war ihm meistens genug.

Gelegentlich kam auch ein anderer Punkt vorbei und dann bildeten sie einen Doppelpunkt. Das war immer sehr aufregend, weil der kleine Punkt spürte, dass das etwas ganz Anderes erzeugte. Als wären sie zusammen auf einmal ein großes Tor aus dicken alten Eichenbohlen mit verwitterter Klinke, und hinter diesem Durchgang würde sich ihnen eine ganz neue Welt eröffnen, wenn es ihnen nur gelänge, durch dieses Tor zu gehen. Der kleine Punkt war sehr neugierig auf diese andere Welt. Aber in dem Moment, in dem er aus dem Doppelpunkt heraus hüpfte, schloss sich das Tor. Was ja nicht verwunderlich war, denn er war ja Teil des Doppelpunktes und damit des Tores und konnte schließlich nicht durch sich selbst hindurchgehen.

Wenn er dann wieder allein war, träumte er manchmal von dieser Welt hinter dem Tor. Was ihn wohl erwarten würde? Welche Abenteuer könnte er dort erleben? Er hoffte, dass aus ihm etwas Größeres werden könnte. Vielleicht ein Komma, oder er würde das Tüpfelchen auf dem i werden, wenn es ihm nur gelänge, durch dieses Tor zu schlüpfen.

Doch wie sollte er das anstellen? Auf die anderen Punkte konnte er nicht zählen, denen war ihr eigenes Leben genug. Der Punkt beschloss, nun nicht mehr einfach hin und her zu hüpfen, wenn ihm langweilig war. Sondern er versuchte sich immer dort aufzuhalten, wo sich zwei Punkte näherkamen. Er dachte, wenn er dann schnell genug wäre, könnte er durch den entstehenden Doppelpunkt springen. Aber es klappte nie. Sobald er ein Tor sah und dorthin hüpfte, so rasch er konnte, lösten sich die beiden Punkte schon wieder voneinander. So sehr er sich auch anstrengte, er war einfach nicht schnell genug.

Der Punkt wusste nicht, was er tun sollte. Er wollte kein Punkt mehr sein. Alles schien ihm spannender zu sein als sein eigenes Leben. Wie aufregend müsste es sein, Teil eines Fragezeichens zu werden oder als ein Bindestrich in der Luft zu schweben. Er dagegen lag immer nur auf dem Boden herum.

Einmal versuchte er sogar, sich zu einem Bindestrich auszudehnen. Dazu machte er sich so breit und so flach wie er konnte, ächzte dabei wie ein alter knarrender Baum und hielt vor lauter Anstrengung die Luft an. Dann hüpfte er so hoch, dass er schon fast wie ein Bindestrich aussah! Doch sobald er die Anspannung losließ, um wieder einzuatmen, fiel er zu Boden und der Bindestrich wandelte sich wieder zu dem zurück, was er war: ein runder schwarzer Punkt.

Der Punkt fing an zu weinen, so traurig war er, dass es ihm nicht gelang, etwas anderes zu werden als ein Punkt. Er weinte so bitterlich, dass die Tränen an ihm herunterliefen und seine schwarze Farbe mit sich zogen. Und siehe da: Mit all den Tränen wurde tatsächlich ein Komma aus ihm! Da freute sich der Punkt sehr, doch als die Tränen trockneten, verschwand auch die Farbe, und er wurde wieder zu einem Punkt.

Eines Nachts träumte er davon, ein Fragezeichen zu werden. Das wäre ein Leben voller

Rätsel geworden, voller Spannung und Abenteuer. Aber es war ihm anscheinend nichts anderes vergönnt, als ein schwarzer Punkt zu sein. Eingezwängt zwischen zwei Wörtern, die Teil eines viel größeren Satzes waren.

Am Morgen danach kam ein Fragezeichen vorbei und setzte sich zu dem Punkt. Der Punkt erzitterte vor Ehrfurcht und blickte sprachlos zu dem großen Fragezeichen hinauf. Das Fragezeichen stöhnte.

„Was stöhnst du so?", fragte der Punkt schüchtern.

„Ach", ächzte das Fragezeichen. „Ist mein Leben nicht ganz schön anstrengend? Bin ich immer auf der Suche nach Antworten? Doch egal, welche Antworten ich finde, es wird immer wieder eine Frage daraus?"

„Aber ist das denn nicht spannend?", fragte der kleine Punkt.

„Anfangs dachte ich das auch, bis ich merkte, dass ich vor lauter Spannung und Suchen einfach nicht mehr zur Ruhe gekommen bin?"

„Merkwürdig" antwortete der kleine Punkt. „Ich finde mein Leben ziemlich langweilig. Dein Leben scheint mir immer viel toller zu sein als meins!"

Wenn das Fragezeichen Augenbrauen gehabt hätte, hätte es sie erstaunt nach oben gezogen, so konnte es sich nur ein wenig in die Höhe strecken: „Was hast du dagegen, ein Punkt zu sein? Bei dir machen alle eine Pause, oder? Sie können wieder zu Atem kommen, etwas Altes abschließen und etwas Neues beginnen? Und bist du nicht genau in diesen Zwischenraum, du kleiner schwarzer Punkt? Wie wäre eine Welt ohne Punkte? Wir wären rastlos, immer nur auf der Suche oder würden wie das Ausrufezeichen vor lauter Bedeutung ziemlich eingebildet werden?"

„Oh!" staunte der Punkt. „So habe ich das noch gar nicht gesehen." Nachdenklich rollte er ein wenig hin und her. Ihm wurde klar, erst im Zusammenspiel aller entwickelt sich die magische Wirkung eines Satzes. Ein Leben nur mit Fragezeichen oder Kommas wäre auf Dauer auch langweilig.

„Muss ich mal wieder weiter?", sagte das Fragezeichen. „Suche ich noch weiter nach Antworten? Ich komme gerne mal wieder vorbei, wenn ich darf?"

„Natürlich" antwortete der kleine Punkt. „Ich würde mich freuen!"

Das Fragezeichen hüpfte davon und der Punkt dachte noch lange über das Gespräch nach.

Am nächsten Morgen wachte der Punkt auf und stellte erstaunt fest, dass er gewachsen war. Er war jetzt kein kleiner Punkt mehr, sondern groß und rund, beinahe wie eine kleine Kugel. Nun wusste er, was seine Aufgabe war, nämlich der Welt eine Atempause zu gönnen. Ihr Zeit zum Innehalten zu schenken, zum Ausruhen und mit neuer Energie weiterzugehen.

Ja, manchmal vergaß der Punkt, wer er war, und wollte doch wieder ein Fragezeichen werden oder ein Doppelpunkt. Aber dann dachte er an das Gespräch mit dem Fragezeichen und er erinnerte sich daran, wer er wirklich war: Ein großer runder Punkt.

Das Dorf der Klammern

Auf den ersten Blick war der Reisenden gar nichts aufgefallen, als sie in das Dorf gekommen war. Es war eine Siedlung wie jede andere auch, mit gackernden Hühnern auf den Wegen und grauen, grob verputzten Häuschen mit kleinen Gärten, in denen mehr Gemüse als Blumen wuchs. Die Reisende hatte zwar den Eindruck, dass die Menschen hier etwas stiller waren als anderswo, aber sie dachte sich nichts weiter dabei.

Ein Windhauch wehte ihr den Geruch von frischem Brot um ihre Nase und sie spürte, dass sie Hunger bekommen hatte. Deswegen folgte sie dem Duft, der sie in Richtung Marktplatz führte. Dort fand sie den Stand, der sie angelockt hatte und eine große Auswahl nicht nur an Brot, sondern auch Kuchen und Gebäck anbot. Die Reisende hob den Kopf und schaute dem Bäcker ins Gesicht, um ihm zu sagen, was sie zu kaufen wünschte. Da sah sie eine kleine, schwarz glänzende Metallklammer an seinen Augenbrauen. Ohne dass sie sich hätte zurückhalten können, rief sie dem Bäcker zu: „Sie haben da etwas an ihrer Augenbraue!"

Überrascht tastete der Bäcker mit seinen Fingern die Augenbraue ab, doch er schien nichts Ungewöhnliches zu spüren, schaute sie nur skeptisch an und antwortete: „Ja, ja, und was möchten Sie nun kaufen?"

Die Reisende konnte ihren Blick kaum von der Klammer abwenden, sie hielt inne und überlegte kurz, ob sie noch etwas sagen sollte. Dann entschied sie sich, erst einmal etwas zu essen zu kaufen. Sie zeigte auf ein Gebäckstück, bezahlte es und ging zum im Zentrum des Platzes, um sich auf die gemauerte Umrandung eines Brunnens hinzusetzen. In der Mitte stand eine Steinskulptur aus mehreren Fischen, die hin und her zu springen schienen, aber in ihrem Sprung eingefroren waren. Aus ihren Mäulern sprudelte klares kaltes Wasser und die Reisende löschte damit ihren Durst.

Während sie auf dem mit fremdartigen Kräutern gewürzten Kuchen herumkaute, blickte sie umher und schaute sich die Menschen auf dem Marktplatz genauer an. Der Bäcker schien nicht der einzige mit einer Klammer zu sein, die Reisende konnte die Klemmen bei fast jedem erkennen: Es waren kurze, schmale Klammern aus schwarzem Metall, die sich mit scharfen Zähnen in die Haut gruben. Ob Frau, ob Mann, ein jeder der Menschen hatte Klammern am Körper. Bei den einen hingen sie an den Ohren, bei den anderen am Augenlid oder an der Lippe.

Kinder wie Greise hatten Klammern an sich, die Älteren mehr als die Jüngeren. Niemanden schien das zu stören. Die Kinder liefen umher, die Erwachsenen plauderten miteinander oder schlenderten zum nächsten Marktstand, um Eier oder Kartoffeln zu kaufen.

Die Reisende schüttelte den Kopf. „Das muss doch wehtun, merken die das denn gar nicht?", sagte sie zu sich selbst. Sie beobachtete die Menschen weiter. Das, was sie beim Betreten des Ortes vage wahrgenommen, aber nicht beachtet hatte, zeigte sich nun ganz deutlich. Die Leute hier waren stiller, zurückhaltender. Das Lachen war nicht so laut, die Bewegungen nicht so ausladend, wie sie es von Menschen in anderen Landschaften kannte. Manche schienen Schmerzen beim Gehen zu haben und die Reisende vermutete, dass vielleicht auch an Füßen oder Knien Klammern festsaßen.

„Wer bist du denn?", hörte die Reisende auf einmal eine Stimme. Vor ihr stand ein kleines

Mädchen, es mochte vielleicht 3 Jahre alt sein, und schaute sie mit leicht schräg gestelltem Kopf an.

„Ich bin Hermine", antwortete die Reisende und blickte ihr in die strahlend blauen Augen, bevor sie ihren Blick über den Körper dieses Mädchens gleiten ließ. Dieses Mädchen schien keine Klammern an sich zu haben, zumindest konnte die Reisende keine entdecken.

„Und wer bist du?", fragte Hermine.

„Ich bin Hannah, ich bin schon fast 4 Jahre alt", antwortete das Mädchen. In diesem Moment wurde die Kleine von ihrer Mutter getadelt, die ein paar Meter weiter auf ihre Tochter wartete: „Hannah, trödle nicht so herum und belästige nicht immer fremde Leute!"

Hermine schaute kurz zu der Frau, die ihre Tochter so barsch zu sich gerufen hatte, dann schaute sie wieder Hannah an. Das Mädchen kniff ihre Lippen zusammen und ihre eben noch strahlend blauen Augen verdunkelten sich.

„Ich muss los", seufzte sie. „Aua!" Plötzlich fasste sich Hannah an den Mund.

Als Hermine ihr ins Gesicht schaute, sah sie, dass dort, wo eben noch ein kindlich weicher Mund gewesen war, eine Klammer saß, die die Lippen fest zusammenpresste.

Die Reisende wollte Hannah gerade tröstend berühren, als die Mutter des Mädchens vor ihr stand. Sie hatte ebenfalls Klammern am Mund, aber auch an den Fingern ihrer Hände. Sie griff nach ihrer Tochter: „Nicht anfassen!" Sie beugte sich zu ihr herunter: „Du weißt doch, dass es wehtut, wenn du sie wegmachen willst. Wir haben schließlich alle daran zu tragen, also lass es gut sein und komm mit." Die Frau drehte sich um, ging davon, und das Mädchen lief ihrer Mutter hinterher.

Die Grobheit der Mutter stach Hermine ins Herz. „Autsch!" Hermine zuckte zusammen. Intuitiv legte sie ihre Hand auf ihr Herz, um den Schmerz zu lindern. „Was ist das denn?" Sie tastete mit ihren Fingern die Haut ab. Da war etwas, rasch öffnete sie ihr Hemd und sah auf ihre linke Brust. Ihr stockte der Atem: Direkt über ihrem Herzen saß eine Klammer! Genau so eine Klammer, wie sie sie gerade bei Hannah und ihrer Mutter gesehen hatte! Hermine riss sich das Hemd etwas weiter auf, griff mit den Fingern nach der Klammer und versuchte, sie wie eine Zecke aus der Haut zu ziehen.

Genau wie Hannahs Mutter gewarnt hatte, tat es so sehr weh, dass Hermine Tränen in die Augen schossen. Sie ließ los und der Schmerz ebbte ab. Hermine atmete tief aus. Sollte sie die Klammer vielleicht wie all die anderen hier einfach drin lassen? So schlimm schien es ja nicht zu sein. Doch bei dem Gedanken, dass sie jetzt für immer mit dieser schwarzen Klammer über ihrem Herzen leben sollte, regte sich Widerstand in ihr.

„Nein, nein, nein, das lasse ich nicht zu!" Sie kniff mit der einen Hand ihre Haut zusammen, mit der anderen zerrte sie an der Klammer, drehte sie hin und her, um sie herauszubekommen. Wieder traten ihr Tränen in die Augen, aber sie gab nicht auf. Sie zog und zog, sosehr es auch schmerzte. Mit einem leisen Schrei riss sie schließlich das Metall heraus und warf die Klammer in den Brunnen. Sie schaute auf und sah, dass die Menschen um sie herum stehen geblieben waren und sie beobachtet hatten. Als sie bemerkten, dass Hermine sie anschaute, drehten sich alle um und gingen weiter ihrer Wege, als wäre nichts Besonderes geschehen.

Dort, wo die Klammer sich festgebissen hatte, war die Haut aufgerissen und Blut quoll aus der Wunde hervor. Hermine wühlte in ihrer Tasche nach einem Tuch, presste sie auf ihre Brust und atmete tief in ihren Schmerz hinein. Als sie sich besser fühlte, packte sie ihre Sachen zusammen und stand auf. Hier wollte sie nicht länger bleiben.

Da sah sie, wie Hannah am Rande des Marktplatzes stand und sie anschaute. Hermine reckte sich, winkte dem Mädchen zu und verließ diesen Ort erhobenen Hauptes mit kraftvollen Schritten, ohne sich noch einmal umzuschauen.

Die kleine Hannah hob die Hand, als wollte sie ihr etwas sagen. Doch während sie Hermine verschwinden sah, sank ihre Hand tiefer und landete leicht wie ein Schmetterling in ihrem Gesicht, genau dort, wo noch immer die schwarze Klammer sich an ihren Lippen festbiss.

Die Goldspur

An einem fernen Ort, zu einer anderen Zeit, war einmal ein Felsbrocken. Seitdem er vor unendlich langer Zeit von riesigen Eismassen an seinen Platz geschoben worden war, hatte er sich nicht mehr bewegt. Er hatte den heißesten Sommern getrotzt, unzählige Tropfen Regen an sich entlang fließen lassen, unermesslich kalte Winterstürme ertragen, jedes Jahr immer wieder die Frühlingssonne begrüßt. Er war nicht sehr gesprächig, was zum einen seinem Charakter zuzuschreiben war, aber er hatte auch nicht viel zu erzählen.

Manchmal ließen sich Vögel auf ihm nieder, um sich auszuruhen, doch selten blieben sie länger als ein paar Minuten. Eines Tages kam die kleine Meise, die ein paar Bäume weiter ihr Nest gebaut hatte, mal wieder zu Besuch und hüpfte auf ihm hin und her.

„Hallo Stein", tschilpte die Meise.

„Hallo Meise", brummte der Stein, „wie geht es dir?"

„Ach ganz gut, ich habe viel zu tun", zwitscherte die Meise. „Hast du schon das Neueste gehört? Das Rotkehlchen hat angeblich die Liebe im Wald umherstreifen sehen, aber ich glaube das nicht."

Der Stein stimmte der Meise zu, er hielt das auch für ein Gerücht, denn schließlich zwitscherte der kleine Vogel mit der roten Brust viel, wenn der Tag lang war.

„So, meine Küken haben riesigen Hunger. Ich wollte dir nur kurz Hallo sagen, aber jetzt muss ich weiter Regenwürmer suchen", schon war die Meise wieder verschwunden. Ganz unvermittelt wurde dem Felsbrocken kalt ums Herz. Immer musste er warten, bis jemand vorbeikam und sich mit ihm unterhielt. Er konnte auf niemanden zugehen oder gar jemanden besuchen. Der alte Stein war weise genug, um zu wissen, dass aus ihm niemals ein Vogel werden könnte, das wollte er auch nicht. Aber er fühlte sich schrecklich einsam.

Ein paar Tage später sah er, wie sich etwas Helles durch die Bäume bewegte. Es war von luftig-leichter menschlicher Gestalt, spielerisch flatternd schien es knapp über der Erde zu schweben. Mal kam es näher, mal entfernte es sich so weit, dass der Gesteinsbrocken es nicht mehr sehen konnte. Doch nach und nach näherte sich diese Gestalt, bis sie direkt vor ihm innehielt. Auch wenn sein Herz wie er aus Stein war, so spürte er doch sofort: Das war die Liebe, von der das Rotkehlchen erzählt hatte.

Sie umkreiste ihn einige Male, als wollte sie den Stein von wirklich jeder Seite gut betrachten. Die Liebe schaute auf die Furchen, wo die Regentropfen sich ihren Weg gebahnt hatten, auf die glatten, vom Wind fein geschliffenen Wölbungen, aber auch auf die Stelle, wo vor vielen, vielen Jahren ein Teil seiner selbst abgebrochen war. Das war eines Nachts geschehen, als es so eisig war, dass kein Tier sich hinauswagte in die Kälte. Selbst der große Uhu hatte sich Schutz suchend an einen Baumstamm gelehnt. Damals war tief in ihm etwas zu Eis erstarrt und hatte einen Teil von ihm abgespalten. Wildschweine hatten diese Bruchstücke ins Rollen gebracht, als sie einige Tage danach in der Erde nach Würmern und Käfern suchten. Diese Brocken lagen nun, in mehrere kleine Teile zersplittert, in seiner Nähe um ihn herum.

Die Liebe sah all das, was dem Stein widerfahren war, und sprach daraufhin zu ihm: „Lieber Stein, ich sehe dich in deinem Schmerz, in all deinen Erfahrungen, mit all den Spuren, die das Leben hinterlassen hat." Sie strich sanft

wie eine Wolke über seine Oberfläche hinweg.
„Ich sehe dich in deiner Weisheit, deiner Kraft
und Ruhe, aber auch in deiner Festigkeit und
in deinem Starrsinn. So bist du, lieber Stein, du
könntest auch nichts anderes sein als der Stein,
der du nun mal bist."

Die Liebe beugte sich zu dem Findling hinunter, legte ihre Lippen auf die Stelle, die sich
dem Himmel entgegenstreckte. Dann blies sie
in ihn hinein, füllte jede seiner Poren mit Her-
zenswärme, mit Licht und mit Leichtigkeit. Die
Liebe durchströmte den Stein, er wurde so voll
davon, dass an der zerborstenen Seite auf einmal eine goldene Flüssigkeit heraustropfte. Sie
rann über die verkrusteten Kanten, hinterließ
eine glitzernde, schimmernde Spur, die anfangs
kaum wahrnehmbar war. Diese Spur wurde
breiter und kräftiger, liefen an der Außensei-
te hinab, bis sie im Boden versickerten. Mit all
ihrem Licht umarmte die Liebe den Stein noch
einmal und verschwand, bevor dieser etwas sagen oder sich bedanken konnte.

Genau dort, wo die goldenen Tropfen im Boden versickert waren, drückte sich am nächsten
Morgen ein grünes Köpfchen aus der Erde. Es
streckte sich in die Höhe, wuchs, bis es fast so
groß war wie der Stein. Dann öffnete die Pflan-
ze ihre Knospen, aus denen sich strahlend goldene Blütenblätter entfalteten.

Wenn der Wind durch den Wald strich, wiegte sich die Goldblume sanft im Luftzug, dabei strichen ihre Blätter gelegentlich den Stein. Sie ließen sich nicht stören von seinen groben Furchen und Kanten. Wann immer die Sonne ihre Strahlen darauf warf, schimmerte und funkelte die goldene Spur an der Seite des Steines.

Durch dieses Funkeln wurden die Menschen auf ihn aufmerksam. Immer häufiger kamen sie zu ihm, weil sie spürten, dass dieser Findling ein ganz besonderer war. Sie setzten sich auf ihn oder lehnten sich an ihn an und erzählten dem Stein von ihren Sorgen und Ängsten, aber vor allem von ihrer Liebe. Von der Liebe, nach der sie sich sehnten. Von der Liebe, die ihnen beinahe das Herz zerbrochen hätte. Von der unerfüllten Liebe. Davon, wie die Liebe sie durch dunkle Zeiten getragen hatte. Alle, die dort gewesen waren, verrieten niemandem, dass sie mit einem Stein geredet hatten. Sie wären wohl für verrückt gehalten worden. Aber sie erzählten einander von diesem besonderen Felsen mit der goldenen Spur und der dort wachsenden Blume.

Niemand weiß, wer dem Stein mit der Goldblume schließlich seinen Namen gegeben hat. Dieser Name war so passend, dass niemand es jemals gewagt hätte, ihn infrage zu stellen. Doch alle, die bei ihm waren, sagten: Das ist der Stein der Liebe.

Schneckentempo

O h nein! Ich wollte doch auch noch meine Geschichte erzählen!", seufzte die Schnecke.

Mitten auf ihrem Weg in dieses Buch merkte die Schnecke, dass sie es einfach nicht rechtzeitig schaffen würde. Dabei war sie sogar schneller gekrochen als sonst, aber auch das reichte nicht. Und es strengte sie zu sehr an.

Deswegen beschloss die Schnecke, so lange Pause zu machen, wie sie brauchte, um wieder in ihre Kraft zu kommen. Sie kroch am Stängel einer Brennnessel empor und zog sich auf der Unterseite eines Blattes in ihr Häuschen zurück. Kurz bevor sie einschlief, dachte sie noch: „Vielleicht schaffe ich es ja ins nächste Buch."

Eine Seelen-Geschichte
nur für dich

Die Geschichten in diesem Buch sind für alle. Und manchmal braucht es eine Geschichte für dich ganz allein.

Ich brauche dich nicht zu kennen, um eine Geschichte für dich zu schreiben. Eine, die dich berührt, die etwas in dir zum Erklingen bringt und vielleicht auch Blockaden in dir auflöst.

Meine Hellfühligkeit, mein Wissen über die Zyklen des Wandels und meine Lebenserfahrung verbinden sich mit deinem Wesen und daraus entsteht ein erster Satz. Dieser erste Satz ist die Quelle, aus der sich eine Geschichte entwickelt, ganz individuell für dich geschrieben.

Ruft etwas in dir nach einer Seelen-Geschichte ganz für dich allein? Möchtest du mit Worten berührt werden?

Auf www.seelen-geschichten.de/fuer-dich erfährst du mehr darüber.

Samira Tara

Danksagung

Mein Schreiben ist ein Fluss, der aus meiner inneren Quelle genährt wird. Doch wie jeder Fluss benötigt er weitere Zuflüsse, um seine ganze Kraft zu entfalten:

Ich danke Enno, der mich vor vielen Jahren auf meine Quelle aufmerksam gemacht hat. Seitdem unterstützt er mich auf all meinen Wegen und erinnert mich immer wieder an mein Potenzial, wenn ich es selbst mal nicht sehen kann.

Ich danke Ursula und David Seghezzi, durch die ich den Zugang zur Mystik der Natur gefunden habe.

Ich danke Ingeborg Woitsch, durch die ich die poetische Kraft des Schreibens entdeckt habe.

Ich danke meinen Schreibbuddys Stefan, Jack und Sabine. Mit euch habe ich meine Quelle zum Sprudeln gebracht.

Ich danke Yvonne, Pamela und Dietmar für das Korrekturlesen und das konstruktive Feedback.

Ich danke allen Leser*innen meiner Erzählungen, ohne deren Feedback ich niemals gewusst hätte, dass meine Geschichten so berührend wirken können.

Ich danke allen Menschen, die mich an ihren Lebensgeschichten teilhaben lassen und mich damit zu meinen Seelen-Geschichten inspirieren.